絶望名人カフカ
×
希望名人ゲーテ

文豪の名言対決

フランツ・カフカ
ヨハン・ヴォルフガング・フォン・ゲーテ

頭木弘樹＝編訳

希望は誰にでもある。
何事においても、
絶望するよりは、
希望を持つほうがいい。
先のことなど誰にもわからないのだから。

ゲーテ

ああ、希望はたっぷりあります。
無限に多くの希望があります。
――ただ、ぼくらのためには、ないんです。

カフカ

はじめに　なぜゲーテとカフカなのか？

希望の人ゲーテと絶望の人カフカ

ゲーテとカフカ。
名前は聞いたことのある人が多いでしょう。
でも、どんな人なのか？
それは意外と知らない人が多いのではないでしょうか。

二人とも作家です。
二四〇年以上、読まれ続けている恋愛小説。
それがゲーテの代表作『若きウェルテルの悩み』です。
一〇〇年以上、出だしが衝撃的と言われ続けている小説。
それがカフカの代表作『変身』です。（「朝、目が覚めたら、虫になっていた」）

どんな顔をしているかは、この本の最後に写真と肖像画をのせておきました。

何年に生まれて……というような情報も、そこに書いておきました。

でも、その人がどんな人なのか、いちばんよくわかるのは、こんなことを言ったという「言葉」、こんなことをしたという「エピソード」ではないでしょうか。

この本の冒頭に引用した言葉でもわかるように、ゲーテは希望に満ちた人でした。

カフカは絶望に満ちた人でした。

つまり、光と影のように、対照的な二人なのです。

ゲーテとカフカはこんなに似ている

でも、この二人を並べてみたのは、二人がまるっきりちがう人間だからではありません。

「月とスッポン」「提灯に釣り鐘」という言葉がありますが、比較したくなるのは、両者が似ているからこそです（月もスッポンも丸い、提灯も釣り鐘もぶら下がっている、という共通点があります）。

ゲーテとカフカは、じつはとても似ているところがあります。

二人とも、裕福な家に生まれました。でも父方はもともとは低い身分でした。

二人とも、父親の期待を背負わされました。そして、父親とうまくいきませんでした。

二人とも、父親の意向で法律を学びました。でも、当人は文学の道に進みたいと願っていました。また、二人とも、画家になりたいと思ったことがあります。

二人とも、お気に入りの妹がいました。

二人とも、作家以外に仕事を持っていました。役人でした。

二人とも、朗読が好きでした。

二人とも、自分の原稿をよく焼いていました。また、未完成な作品がたくさんあります。

二人とも、自殺を考え、思いとどまったことがあります。

二人とも、恋愛をする度に、名作を書いています。恋愛と名作が連動しているのです。

ゲーテは一八世紀を代表する作家で、カフカは二〇世紀を代表する作家です。

後に続く作家たちに決定的な影響を与えたという点でも二人は共通しています。

ゲーテとカフカはこんなにちがう

しかし一方で、二人はまるで正反対です。

何不自由なく育ったゲーテには、お坊ちゃん特有の根の明るさがあります。

同じく何不自由なく育ったカフカは、それゆえにとても繊細で傷つきやすい人間になりました。

ゲーテは故郷から巣立ちしますが、カフカは親元からなかなか離れられませんでした。

ゲーテはたくましく、カフカは針金のように痩せていました。

ゲーテはよく食べよく飲む人でしたが、カフカは菜食主義で、しかも極めて小食でした。

ゲーテはオシャレでしたが、カフカはどんな洋服も自分が着るとシワだらけになって垂れ下がると思っていました。

ゲーテは多芸多才でしたが、カフカは書くこと以外の能力は空っぽと感じていました。

同じ役人といっても、ゲーテは一国の大臣で、カフカは半官半民の「労働者災害保険協会」に勤める普通のサラリーマンでした。

ゲーテは恋愛を楽しみ、失恋さえも朗々と詩に歌い上げます。七四歳になっても、一九歳の少女に恋をしたり、まさに恋多き男で、恋愛遍歴を重ねて、五人の子供も作っています（じつは子供はもっとたくさんいたという説も）。

一方、カフカのほうも、複数の女性と恋愛をしますが、つねに苦悩し、楽しむということはほとんどなく、交際もほとんど手紙のみで、会うことは極力避け、生涯独身で、結婚することも、子供をつくることもありませんでした。普通に結婚して子供をつくることこそ、カフカの最大の願いだったのですが。

ゲーテは二五歳のとき『若きウェルテルの悩み』が大ベストセラーとなり、生涯、比類のない名声を誇りました。

一方、カフカのほうは、生涯、ほとんど無名でした。友達の作家からも「カフカの作品が国境を越えることはない」と言われてしまっています。

現在では二人とも偉大な作家ですが、ゲーテは「巨人ゲーテ」「大ゲーテ」などと呼ばれ、その文学は「大きい文学（メジャー文学）」と呼ばれます。

一方、カフカの文学は、「小さい文学（マイナー文学）」と呼ばれます。

「明のゲーテ」と「暗のカフカ」

そして、ゲーテとカフカのいちばんのちがいは、ゲーテは希望の人であり、カフカは絶望の人であるということです。

「ゲーテは、すくすく伸びて天に達し、世界を芳香で満たしている大樹のようなもので、その作品は黄金の実となって、無数の星のように空に輝いている」と詩人のハイネは讃えているそうです。

ゲーテ当人も、「人生の黄金の樹は緑に繁っている」と書いています。

一方、カフカのほうは、自分でこう書いています。

「たえず絶望的に道に迷い……どうやらぼくは、樹の根につまずいて倒れ、いつまでも倒れたままということになるらしい」

恋人のミレナにも、「フランツは生きることができません。フランツには生きる能力がないのです」と言われてしまっています。

ゲーテの希望もカフカの絶望も極端です。どちらも笑ってしまうほど。その点では共通しています。

名言対決！

ひとりの人の言葉を集めた名言集はたくさんあります。

たくさんの人の言葉を集めた名言集もたくさんあります。

でも、二人の人物の言葉を対比させた名言集はありません。これが不思議でした。

黒があってこそ、白の輝きは増します。白があってこそ、黒の深みも増します。

反対色である緑と赤が並べられることで、クリスマスのあの独特の雰囲気が出ます。

「ボトルにまだ半分も酒が残っている」と「ボトルにもう半分しか酒が残っていない」は二つ並べて読むことで、はじめてそれぞれの意味合いが際立ちます。

「虎穴に入らずんば虎子を得ず」と「君子危うきに近寄らず」は、片方だけでなく、両方を知っていてこそ、自分なりの判断を下せます。


ゲーテとカフカは、明と暗の絶妙の対比を見せてくれます。

ゲーテの希望も、カフカの絶望も、お互いの存在によって、より味わいを増すはずです。それをぜひ味わってみていただきたいと思います。

希望と絶望の「間の本」

私は以前に『絶望名人カフカの人生論』という、絶望の名言ばかりを集めた本を編みました。

本当につらいときには、ポジティブな言葉はかえってつらさを増してしまい、絶望の言葉のほうが、救いになることもあるからです。

ポジティブな名言集はもともとたくさんあるので、これで明暗そろったと思っていました。

しかし、「自分は今、どん底から上昇しようともがいているところです」という方からいただいたメールを読んで、なるほどと思いました。

そんなふうに、絶望から希望をつかもうとしている人、あるいは逆に、希望に満ちていたけど、少し疲れてしまった人。そういう、明暗の途中にいる人こそ、本当はいちばん多いのかもしれません。

そして、そういう「間の本」というのは、ありません。

ポジティブな本と、ネガティブな本だけでは、階段の一段が数メートルもあるようなもので、うまく上がることも下りることもできないかもしれません。

希望と絶望の「間の本」があってもいいのではないかと思いました。

ゲーテが希望を語り、カフカが絶望を語り、読者の皆さんがそれぞれに心に響く言葉を見つけ出すことができる、そんな本が。

ゲーテとカフカがもし対話をしたら？

単純に、ゲーテとカフカが対話をしたら、面白いのではないか、という思いもありました。

ゲーテには『ゲーテとの対話』という本があります（対話相手は秘書のエッカーマン）。

カフカにも『カフカとの対話』という本があります（対話相手は青年ヤノーホ）。

どちらもとても素晴らしい本で、「対話の本」と言えば、このどちらか、あるいは両方をあげる人が多いでしょう。

では、この二人が対話をしたら、どうなるのか？

ゲーテは一八三二年に亡くなり、約五〇年後の一八八三年にカフカは生まれています。現実には、二人が対話をすることはありえません。

しかし、ゲーテには、作家のシラーという、ゲーテとは正反対の性格で、カフカに少し似たところのある親友がいました。

そしてカフカは、ゲーテを愛読していました。ギムナジウムの卒業のスピーチにもゲーテを選んでいます。ゲーテが住んでいた家も訪れていますし、日記や手紙にはしばしばゲーテが登場します。亡くなる前にも、つきそっていた恋人にゲーテの詩の朗読を頼んでいます。

「ゲーテへの愛情は生涯、少しも変わることがなかった」とカフカの親友のブロートは書いています。

二人の言葉は二人の人生そのもの

ゲーテは名言の多い人です。

「ゲーテはすべてのことを言った」という冗談があるくらいです。

カフカは冗談ではなく本気でこう言っています。

「ゲーテはわれわれ人間に関するほとんどすべてを語っています」

そのカフカもまた名言の多い人です。

二人の名言を、あたかも二人が対話しているかのように、並べてみました。

ゲーテの言葉と解説（二ページ）＋カフカの言葉と解説（二ページ）で一セットになっています。

解説では、二人のエピソードをできるだけたくさん紹介するようにしました。

ゲーテとカフカは、その言葉や作品と、その人生がぴったり一致しています。その点でも驚くほどよく似た二人です。

二人の言葉は、たんなる机上のものではなく、彼らの人生そのものです。

名言対決の勝敗は？

ゲーテの希望の名言と、カフカの絶望の名言。

どちらの言葉のほうが心に響いてくるかは、そのときの状態によってちがうでしょう。

ゲーテは一方の端であり、カフカはもう一方の端です。

私たちの多くは、その間に位置しているのではないでしょうか。そして、その間を揺れ動いているのではないでしょうか。
今のあなたには、どちらの言葉のほうが心に響くでしょう？

ゲーテにこんな詩があります。

よく生きようと思えば、
自分だけで悩まずに、
名人と心をひとつにしてみよう。
名人とともに迷うことで、
得るものは大きい。

目次

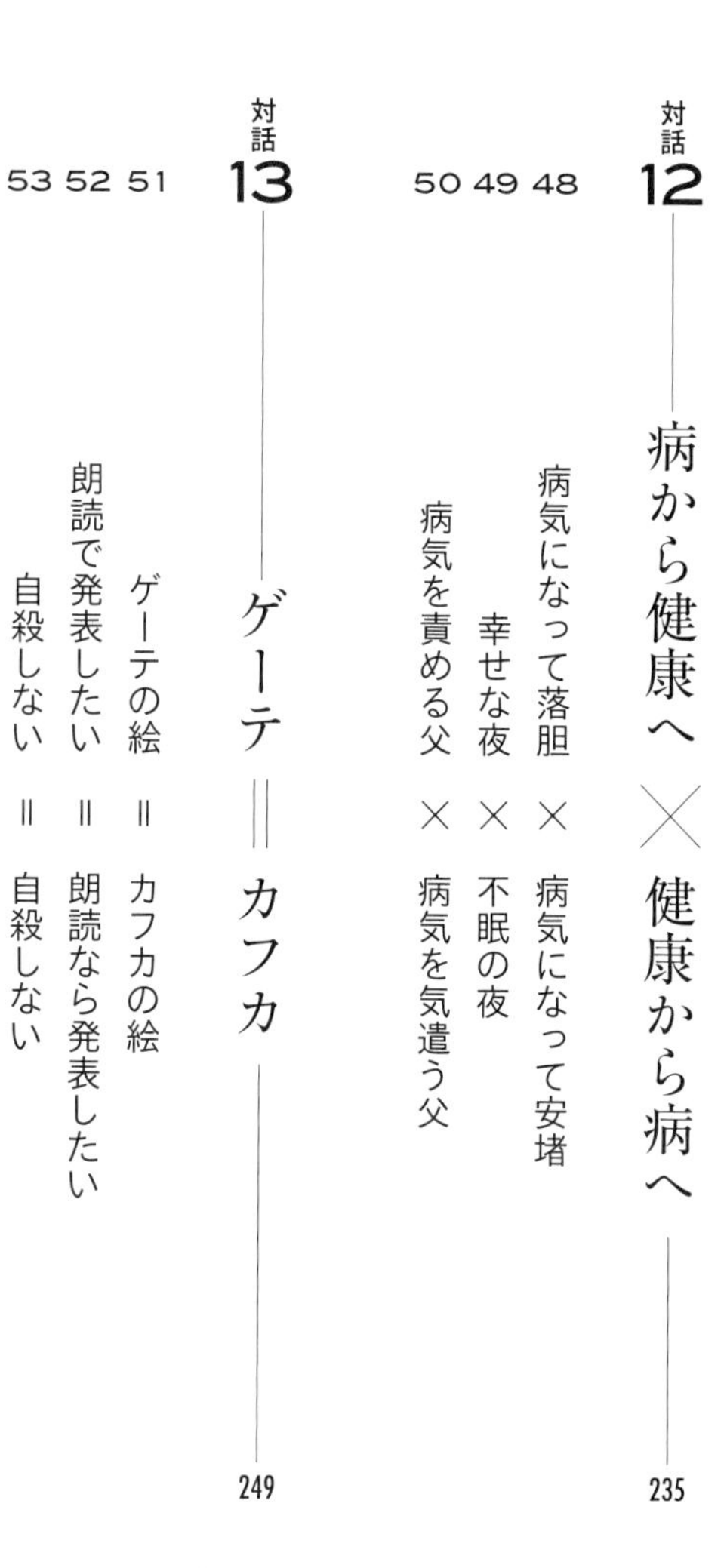

対話
1
前向き × 後ろ向き

ゲーテ

1

希望が助けてくれる

希望は、わたしたちが生きるのを助けてくれます。

［シャルロッテ・フォン・シュタイン夫人への手紙］

ゲーテの初めての伝記映画のパンフレットに面白いことが書いてありました。

「なぜ、ゲーテの人生は今まで映画化されなかったのか？（中略）ゲーテは裕福な家の出身で顔立ちが美しく、社会的にも成功を収め、言わば万能の天才だったので、映画にするには面白みがないと思われたのだろう」

たしかに、その通りでしょう。でも、ゲーテの人生が幸運の連続だったかというと、決してそんなことはありません。むしろ、さまざまな困難や、不幸な出来事がありました。大震災や戦争も経験しています。

それでもゲーテはつねに希望に満ちて、前向きでした。だからこそ、ゲーテの言葉は、同じように明るい方向を向きたい人にとって、とても心に響くのです。

このゲーテの言葉は、愛する女性への手紙に書かれたものです。

彼女は当時、病気でした。ゲーテは彼女を失うのではないかと、一晩中泣いたりもしましたが、気をとりなおして、この手紙を書きました。

「この手紙を読んだら、きっと君はよくなるだろう」

ゲーテは希望をこめて、そう書いています。

彼女はよくなり、八四歳まで生きました。

カフカ
1

希望は埋葬された

朝の希望は、午後には埋葬されている。

［日記］

希望が生きるのを助けてくれるというゲーテに対して、希望自体が埋葬されてしまうカフカ……。

よほど不幸な人生だったのだろう、と思うかもしれません。でも、そうではありません。

カフカもまた、伝記映画がありません。その理由はゲーテとはちがって、カフカの人生はあまりにも普通だからです。ドラマチックなことは何も起きない、ごく平穏なサラリーマンの一生です。大学を出て、就職をして、そこそこ出世もして、恋愛もして、病気をして、死んでしまいます。

では、なぜカフカはこんなにも絶望しているのか?

あまりにも敏感なのです。坑道のカナリアが誰よりも先に危険を察知するように、カフカは誰よりも先に絶望しているのです。

恋人のミレナは「カフカは、他の人が何も聞こえないから安心だと思っているようなところからの物音をも聞きつける」と言っています。

普通の日常を生きたカフカだからこそ、カフカの見つけた絶望は誰の人生にもあるものです。

その絶望に気づいてしまった人にとって、カフカの言葉はとても心にしみます。

ゲーテ 2

良いことが待っている

希望を失ってしまったときにこそ、
良いことが待っているものだよ。

［ゲーテとの対話］

まるでカフカをなぐさめるかのような言葉です。

この言葉の前にゲーテは「人間の本性には、不思議な力がある」と言っています。

つまり、良いことをもたらすのは、神や運命や偶然ではなく、自分自身の奥底に秘められた力だということです。

火事場の馬鹿力ではないですが、もうダメだと思ったときにこそ、思いがけない力が出るものなのかもしれません。

あるいは、希望を失うほど頑張ったからこそ、結果がついてくるのかもしれません。

ゲーテの人生には、実際にこういうことがよく起きています。

仕事がうまくいかず、信じていた人にも裏切られ、恋人ともうまくいかなくなり、ゲーテは希望を失いかけて、すべてを投げ捨てて、イタリアに逃げ出したことがあります。

ところが、イタリアにはまさに良いことが待っていました。

イタリアの風景、芸術、文化はゲーテを歓喜させました。刺激を受けたゲーテは、たくさんの作品を生み出し、恋も楽しみました。

「ローマの地に立ったときが、第二の誕生日であり、わたしはそのときに生まれ変わったのだ」（イタリア紀行）

カフカ

2

真っ黒な波が待っている

ぼくがどの方角に向きを変えても、
真っ黒な波が打ち寄せてくる

［日記］

「道の途中のそれぞれの駅に、それぞれの絶望がある」（八つ折り版ノート）

という言い方もカフカはしています。

どの方向に向きを変えても絶望だし、人生の次の節目に進んでも、そこにはまた新たな絶望があるというわけです。

こんなカフカですから、失敗して絶望している友人へのなぐさめの手紙も、ぜんぜんなぐさめになっていません。

「失敗したからといって、あまり絶望することはありません。もし正しい道を歩んでいるとしたら、つまずきは絶望的なことでしょう。でも、ある一つの道を歩んでいるにすぎないのです。第二、第三の道に進んでも、正しい道はなかなか現れません。まったく現れないかもしれません」（友人のローベルト・クロップシュトックへの手紙）

人生の道でつまずいたとへこんでいたら、「その道は正しい道じゃないから大丈夫。正しい道はいつまでも現れないかもよ」となぐさめられるんですから、よけいにへこむこと間違いなしですね。

この友人は医学の道を進み、後にカフカの最期を看取る（みと）ことになります。

ゲーテ

3

すべてうまくいく

なんでそう深刻に
世間のことで思い悩みたがるのだ。
陽気さと真っ直ぐな心があれば、
最終的にはうまくいく。

［詩　格言風に］

イタリアから戻ったゲーテは、クリスティアーネという若い女性と出会います。身分が低く、貧しく、方言がきつく、読み書きもあまりできず、少し太って、とくに美人というわけでもありませんでした。しかし、素朴で自然、陽気で真っ直ぐな心の持ち主でした。

ゲーテは「この女こそ、わたしの幸せだ！　これが心の迷いだとしても、賢明なる神々よ、わたしを憐れみ、迷いから覚ますのは、わたしが黄泉の国に行ってからにしてほしい！」と詩にも詠みます。

しかし、階級制度の厳しい当時としては、これは許されない恋で、籍を入れることもできませんでした。ゲーテは社交界の激しい怒りをかい、多くの人から眉をひそめられ、深い交際のある人も去って行き、親友のシラーさえクリスティアーネに冷たく、ゲーテの母もクリスティアーネを「寝間のお友達（今で言うならセックスフレンド）」と呼びました。

しかし、ゲーテは「深刻に世間のことで思い悩」むことはしませんでした。

二〇年近く経って、二人はついに正式に結婚することができ、二人だけで式を挙げました。

まさに「陽気さと真っ直ぐな心があれば、最終的にはうまくいく」です。

カフカ

3

ぼくは例外

すべてが素晴らしい。
ただ、ぼくにとってだけはそうではない。
それは正当なことだ。

［日記］

普通なら、自分にとってだけ素晴らしくないのであれば、それは不当なことだと思うでしょう。しかし、カフカはそうは考えません。それを「正当なことだ」と考えます。

たとえば、カフカは役所に勤めていたのですが、役所の同僚たちの大部分は、こんなふうに考えていました。

「自分たちはいつも不当なあつかいを受けている。せいいっぱい働いているのに。役所は馬鹿げた仕組みで動いている機械と同じで、その馬鹿げた管理のおかげで、間違った地位をあてがわれている。自分の能力からすれば上の上の歯車のはずなのに、下の下の歯車として働かなくちゃならない」

こういう同僚たちの意見に対してカフカは、恋人への手紙の中で、「ぼくもこんなふうに考えることさえできたら！」と嘆いています。

つまり、そんなふうにはとても考えられないということです。「不当なあつかいを受けている」とは思えないのです。

カフカは世の中が悪いとか、他人が悪いとか、他を責めることがありません。ダメなのは自分のほうだと思っているからです。つねに自分のほうを責めます。「おまえと世界の戦いでは、世界に味方せよ」と言っています。

ゲーテ

4

ちりも輝く

太陽が輝けば、ちりも輝く。

［格言と反省］

ゲーテの親友の作家シラーも、これに近いことを言っています。

「太陽が輝くかぎり、希望もまた輝く」

でも、ゲーテはさらにすごい。ちりまで輝くのです。汚れやゴミのようなものでさえ、太陽の光を受ければ、美しく輝きます。まして、人が輝かないはずがありません。

ゲーテは太陽や光を愛する人でした。「光の子」と呼ばれることもあります。

「もっと光を！」

ゲーテの最も有名な言葉はこれでしょう。

「人は誰でも、太陽の光を一分でも長く見ていたいと願うものだ」(若きウェルテルの悩み)

「もし『太陽をうやまう気持があるか』と問われたら、わたしは『もちろん』と答える。植物も動物もわたしたちも、すべて太陽によって生き、活動し、存在するのだからね」(ゲーテとの対話)

原稿も、とくに晩年は朝に書くほうでした。

単純に、寒いのが苦手ということもありました。「冬になると首をつって死んで、春になると復活できるといいのに」と言っていました。冬至には、これからは日が長くなっていくから、「今日は太陽の再生をお祝いしよう！」と上機嫌だったそうです。

カフカ

4

太陽に耐えられない

暗闇に戻らなければなりませんでした。
太陽に耐えられなかったのです。
絶望を感じました。

［ミレナへの手紙］

しかし、カフカは太陽に耐えられません。それでは輝きようがありません。

原稿も、もっぱら夜中に書いています。

といっても、日光過敏症だったわけではなく、明るさは自分にはふさわしくないと感じていたのです。

この恋人への手紙で、カフカは自分を森の動物にたとえています。といっても、かわいい動物ではなく、「どこかの汚らしい穴に寝ていました（もちろん、ぼくがいるからこそ汚らしいのです）」

ミレナを見て、我を忘れて、穴から出てきたというのです。

でも、今ついに「自分が何者かを思い出しました」

だから、闇に戻るしかないのです。絶望しながら。

彼女を連れて行くことはできません。

なぜなら、「彼女のいる闇などあるだろうか？」

自分がいる闇はあるのです。

ゲーテ

5

希望が救ってくれる

厚い雲、たちこめる霧、激しい雨の中から、
希望はわれわれを救い出す。

［詩　始源の言葉・オルペウスの教え］

この詩は、一八一七年の秋に書かれました。

その前年の一八一六年六月六日、ゲーテは妻のクリスティアーネを亡くします。ゲーテは六七歳、クリスティアーネは五一歳でした。

ゲーテは「わたしを置いていかないでくれ」と号泣したとも伝えられています。日記に「わたしの内と外に空虚と死の静寂」と書いています。

一年後の六月一七日、一人息子のアウグストが、オティーリエという女性と結婚します。ゲーテはこの結婚を大変に喜びました。

オティーリエは社交的で明るく、文学も好きで、ゲーテのよき話し相手となりました。クリスティアーネの死によって暗く静まりかえったゲーテ家は、この結婚によって再び明るさを取り戻し、にぎやかになりました。

その年の秋に書かれたのが、この詩というわけです。

まさに、厚い雲、たちこめる霧、激しい雨の中から、救い出された気分だったかもしれません。

翌年には男の子ヴァルター、二〇年には男の子ヴォルフガング、二七年には女の子アルマという三人の孫も生まれます。大ゲーテも、孫の前ではただの甘いおじいちゃんで、時間の経つのも忘れて遊んでやっていたそうです。

カフカ
5

救いはやってこない

救世主はやってくるだろう。
もはや必要ではなくなったときに。

［八つ折り判ノート］

こうして救い手は、救うことなくまた去って行く。

［会話メモ］

最初の言葉は、一九一七年の一二月に書かれた言葉です。

この年の八月にカフカは喀血し、結核のおそれありということで、役所から長期休暇を得て、療養のために九月から、妹のオットラが農家を借りていた、チューラウという小さな村に来ていました。

「なるほど、こういう言葉を書きそうな、絶望的な時期だったのだろう」と思うかもしれませんが、そうではありません。カフカはまだ病気のことをそんなに深刻に受けとめていませんでした。イヤな仕事から解放されて、大好きな自然の中に行って、しかもお気に入りの妹と暮らせるのですから、むしろ、いつになくご機嫌でした。

後にこの時期のことを「生涯の最良の時」と振り返っています。

二番目の「こうして救い手は、救うことなくまた去って行く」は、本当に絶望的で深刻な状況で書かれた言葉です。病状が重くなり、もはやしゃべることも禁じられて、メモに手書きされたものです。友人であり医学生だったクロップシュトックが、そうしたメモを大切に保存していました。医師がやってきてカフカを診察し、帰った後に書かれた言葉です。まさに救うことなく去って行ったのでした。

人生最良の年でも、死を目の前にしても、カフカの言葉には変わりがありません。それもまた、驚くべきことかもしれません。

ゲーテ

6

希望は高貴

人の感情で最も高貴なのは、希望です。
運命がすべてを無に帰そうとしても、
それでも生き続けようとする希望です。

[文学論]

七三歳のとき、ゲーテは大病をします。心嚢炎と肋膜炎です。

危篤状態となり、助かる見込みは二〇%という医師の見立てでした。

「死神がわたしを囲んで立っている」とゲーテはうなされます。

しかし、奇跡的に回復。

七四歳の誕生日の前夜には、若い女性と夜中までダンスを踊れるほどに元気を取り戻しました。

それどころか、十九歳の少女、ウルリーケに結婚を申し込みます。

年齢差は五五歳。

ウルリーケの母親は、最初は自分が申し込まれたと勘違いしたほどです。

ゲーテは丁重にお断りされてしまいます。

ウルリーケのもとを去る馬車の中で、ゲーテは泣きながら詩を書きます。

有名な「マリーエンバートの悲歌」です。

まるで多感な青年が書いたかのようなその詩は、「ゲーテが作ったいちばん美しいもの」とも評されます。

まさに運命によって無へと還されそうになりながら、それでも希望を持って生き続けようとした、ゲーテの晩年です。

カフカ

6

絶望は権利

ぼくは自分の状態に、
果てしなく絶望している権利がある。

[日記]

落ち込んでいる人に「そんなに絶望しないで」となぐさめの声をかけてあげたとき、右のように返事されたら、どうでしょう？　むかつきそうですね。

でも、どうしてむかつくのでしょう？　こちらの好意を無にしたから？

私たちはそもそも、他人が絶望していることに不快を感じるのでは？

すぐに立ち直ってくれればいいのですが、いつまでも絶望していると、だんだんイライラしてきて、ついには怒ったり憎んだりということさえあります。

他人が絶望していたって、自分には関係ないはずですが、どこかでその絶望は自分にとっても無視できないものであることを感じるのかもしれません。

「ネガティブなことを行うよう、ぼくらは課せられている。ポジティブなことは、すでに与えられている」ともカフカは言っています。

ちょっと考えると、逆のようにも思えます。人の人生はネガティブなことがすでに与えられていて、それでもポジティブな行動をとるよう課せられているようにも思えます。しかし、カフカにとって、ネガティブは義務であり、絶望は権利なのです。

なぜか？　カフカにはネガティブな現実が見えるからでしょう。見つけてしまったからには、発見者の義務と権利が発生します。見つけなかったふりはできませんし、見るなと言われてもそれは無理です。

対話

2

強さ × 弱さ

ゲーテ

7

大地に足を

大地にしっかりと立って、まわりを見渡すのだ。
力のある者には、世界が語りかける。

［ファウスト］

「大きい」「強い」

ゲーテにはそういう言葉がとてもよく似合います。「大ゲーテ」という呼ばれ方をしますが、大の字がつくのがこれほどふさわしい人もいないでしょう。

まさに偉大であり、大物であり、巨人であり、大樹です。

巨人であれば、より遠くまで見渡すことができます。

ゲーテはつねに広い世界に目を向ける人でした。

能力や力があれば、同じものを見ても、より多くを知ることができます。

ゲーテにとっては、まさに世界のほうから語りかけてくるようであったでしょう。

この一節は、ゲーテの代表作のひとつ『ファウスト』のものです。

ファウスト博士は、医学、法学、哲学、神学などを究(きわ)めた大学者。その点ではゲーテ自身にも似ています。

灰色の魔女「憂(うれ)い」が、鍵穴から忍び込んできて、憂いに満ちた言葉をつぶやき、ファウストの心をぐらつかせます。

しかし、ファウストは憂いをはねのけて、このように言うのです。

カフカ

7

大地がない

ぼくの足の下に、たしかな大地はありません。
はっきりとはしないまま、ぼくはとても怖れていました。
自分が地面からどれだけ浮き上がってしまっているのか、
ぜんぜんわからなかったのです。

［ミレナへの手紙］

自分を慕ってくれる若い詩人ヤノーホに、カフカはこう言っています。

「あなたは詩人を、途方もない巨人、足は大地を踏まえ、頭は雲をつく、というふうに描いています」

このイメージはゲーテにはふさわしいかもしれません。

でも、カフカは、こういう詩人のイメージを否定します。

「実際には、詩人は世の中の平均よりも、はるかに小さくて弱いのです。そのため、この世を生きることの重みを、他の人たちよりも、はるかに強く激しく感じています。詩人の歌は、当人にとっては、ひとつの悲鳴でしかないのです」

「弱い」「小さい」

カフカにはそういう言葉がとてもよく似合います。弱くて小さいからこそ、巨人の目にはとまらないようなことにも気づけます。普通の人なら意識もしないわずかな段差でも、足が弱ければいやでも気づいてしまうように。

カフカは大地への不安をしばしば口にしています。親友のブロートへの手紙にも、こう書いています。「なんて、もろい大地、というよりまったく存在しない大地の上に、ぼくは生きているのだろう。足の下は暗闇で、そこから暗い力がひとりでにわいて出てきて、口ごもるぼくなど気にもとめず、ぼくの生活を破壊する」

ゲーテ

8

ハエを千匹殺す

晩に、わたしは千匹のハエをたたき殺した。
それなのに早朝、一匹のハエに起こされた。

［詩 格言風に］

「格言風に」という詩集の中の詩ですが（この二行でひとつの詩です）、次の詩はこうなっています。

「どんなに遠くに行っても　うるさい世間はつきまとう　山奥の小屋に逃れても　たちこめるのは煙草の煙と嫌味な言葉」

この流れからすると、「ハエ」というのは、うるさい世間や嫌味な言葉などのことでしょう。

ゲーテは、今からすると意外ですが、同時代にはけっこう作品をけなされたり、けちをつけられたりしていました。

そういう悪評を、ゲーテは気にしないようにしています。「愚か者の言うことを気にしても仕方ない」という感じで。「わたしは千匹のハエをたたき殺した」というところに、ゲーテの力強さがあらわれています。

それでも一匹のハエに起こされてしまうこともあったのでしょう。そこがまた人間らしいところです。

なお、ゲーテは生きものに対して無慈悲だったわけではありません。こういう詩も。

「一匹のクモを殺したとき　こんなことをしてもいいのかと自分に問うた　神はわたしと同様にこのクモにも　この日々を楽しむことを望まれたのだから！」（西東詩集）

カフカ
8

ハエをそっとしておく

かわいそうなハエを、
なぜそっとしておいてやらないのですか！

［ペンションで出会った少女への言葉］

カフカの生きものに対するやさしさ、弱いものへの共感は、けた外れです。

ヘルミーネ・ベックという少女が、肺を病んで、療養のために森の中のペンションで暮らしていました。

そこにはもうひとり、療養をしている男性がいました。それがカフカでした。

春のことでした。

二人は知りあい、いっしょに森を散歩しました。テラスに寝椅子を並べ、毛布にくるまって寝そべりながら、文学の話などもしました。

カフカはいつも微笑みを浮かべ、やさしく語りかけます。声を荒らげるようなことは決してありません。

そんなカフカが、あるとき、少女を叱ります。少女は驚きました。

一匹のハエが少女のまわりをうるさく飛び回るので、少女はハエをたたこうとしたのです。

するとカフカは、「かわいそうなハエを、なぜそっとしておいてやらないのですか！」と珍しく怒ったのです。

少女はカフカに恋をしました。

ゲーテ

9

大きいことをする

百万の読者を期待しないような人間は、一行も書くべきではないだろうね。

［ゲーテとの対話］

百万部売れる本なんて、今でも年に数冊出るか出ないかです。

ゲーテ自身の本も、発行部数の平均は四千部くらいでした（『若きウェルテルの悩み』だけは超ベストセラーなので百万部を超えていたかもしれませんが）。

つまり、ゲーテが言っているのは「売れなければダメ」ということではありません。

ゲーテは「世界文学」を目指していました。

今でこそ、芸術は国境を越える、芸術は世界の共有財産、と誰もが思っていますが、そういう考え方を最初に打ち出したのはゲーテです。

「わたしはますます次のような考えを深くしている。文学は人類の共有財産である。（中略）世界文学の時代が来ているのだ」（ゲーテとの対話）

「愛国的芸術とか愛国的学問というものは存在しない。高度な善いものはすべてそうだが、芸術や学問は世界全体のものである」（ヴィルヘルム・マイスターの遍歴時代）

そして、実際にゲーテの文学は、ドイツ文学では初めて、ドイツの国境を越えて、ヨーロッパ全域、さらにその外にまで広がっていきました。

ヴァイマルというところにゲーテは住んでいましたが、「わたしは世界市民にして、ヴァイマル市民」と言っています。この「世界市民」という感覚は、現代人でもまだなかなか持てないものですね。

カフカ

9

小さいことをする

もっと大きなことで自分を試そうとするべきだ、と君は言う。
たしかに、そうかもしれない。
だが、大小で決まることでもないだろう。
ぼくは、ぼくのねずみ穴の中でも自分を試せるはずだ。

［マックス・ブロートへの手紙］

「ビッグになってやる」「何か大きなことをしたい」「グローバルな展開を」と言う人はたくさんいます。大きいことはいいことだと思われています。

「スモールになってやる」と言う人はまずいません。

しかし、カフカは小ささを目指します。等身大の自分であろうとするどころか、ねずみ穴サイズです。

カフカは自分の文学を、日記の中で「小文学」と呼んでいます。

「大文学でも小文学でも、良い成果が得られる。むしろ小文学のほうが、細かく検討してみると、より良い成果が得られる」

小さなカフカの文学は、今や世界文学となりました。

しかし生前はそうではありませんでした。カフカの親友のブロートが、カフカの作品のよさをわかってもらおうと、友人の作家たちにカフカの小品を読んで聞かせたところ、ヴェルフェル（当時の人気作家）は、聞くにたえないという様子で言いました。

「これがボーデンバッハを越えることは断じてありえない！」

ボーデンバッハというのは、当時のボヘミアとドイツ帝国の国境駅。つまり、国境を越えることはないと言ったのです。

ブロートは何も言わず、しかし大いに怒って、朗読をやめたそうです。

対話

3

自分はOK × 自分はNG

ゲーテ

10

価値のある人間

わたしはありのままの自分に満足していたし、
自分を高貴な人間だと思っていたから、
たとえ君主にされたとしても、
とくに不思議に思わなかっただろう。

[ゲーテとの対話]

「交流分析」（精神分析をより実用的にしたもの）では、「自分にはこんな長所があるからOK」ではなく、無条件に「自分はOK」と思えることを重視します。

ゲーテはまさに「自分はOK」と思える人でした。それが人生の基本にあります。「自分を高貴な人間だと思っていたから」というのは、家柄がいいということではありません。ヨハン・ヴォルフガング・フォン・ゲーテの家は裕福でしたが、父方の家系はもともとは低い身分でした。ゲーテという名前の「フォン」は貴族の称号ですが、ゲーテが貴族に列せられたのは三二歳のときです。

「わたしがさぞ鼻高々だろうと、みんな思っていた。けれど、これはここだけの話だが、わたしにとっては何でもなかった。まったく何でもなかったよ。貴族の辞令を手にしたとき、わたしはそれを昔から持っていたものとしか思えなかった」

作家としての名声があったからではありません。『若きウェルテルの悩み』は大ヒットしたものの、その後はパッとせず、この当時はなかば忘れられた存在でした。

小国の君主に気に入られて、政治家になっていましたが（そのために貴族に列せられることに）、理想にはほど遠い成果しか出せず、うんざりしていました。

それでも「自分はOK」と自分に満足していたのです。すがすがしいほどの自己肯定っぷりです。

カフカ
10

価値のない人間

夕べの散歩のとき、
往来のどんなちょっとした騒音も、
自分に向けられたどんな視線も、
ショーケースの中のどんな写真も、
すべてぼくより重要なものに思われた。

［日記］

石川啄木にこんな短歌があります。

友がみなわれよりえらく見ゆる日よ
花を買い来て
妻としたしむ

周囲の人がみんな自分より立派に見えるときって、たいていの人にあるのではないでしょうか。自分だけどうしようもないと思えるときが。

しかし、カフカの場合は、さらに極端です。もはや「人」と比べていません。騒音や視線や写真よりも、自分のほうが価値がないのです。

騒音より価値がないというのは、あまり聞いたことがありません。というより、そもそも騒音と自分を比べる人は、ほとんどいないでしょう。

カフカの場合は、完全に「自分はＮＧ」です。そして、「自分以外はＯＫ」です。

ゲーテとは完全に逆の方向に、でも針のふりきれ方では同じくらい、自己否定的です。

「ぼくは自分自身を追放するよう運命づけられているのです」

恋人のフェリーツェへの手紙の一節です。

ゲーテ

11

あらゆることに有能

望んでかなうことなら、
努力に値しない。

［格言と反省］

普通、人はどういうときに努力するでしょうか？

「努力すれば、望みがかなう」と思うときではないでしょうか。「努力しても、望みがかなわない」ようなら、努力をやめてしまうのではないでしょうか。

しかしゲーテは、「望んでかなうことなら、努力に値しない」と言っています。

「どうせ無理なんだから、やめておきなさい」と言う人はいますが、「どうせうまくいくんだから、やめておきなさい」と言う人は珍しいでしょう。

また、「努力すれば、必ずかなう」と言っているわけでもないのです。

望んでもかなわないことだからこそ、努力する。

そういう人だからこそ、ゲーテは万能の人になれたのかもしれません。

ゲーテは小説家であり、詩人であり、戯曲作家であり、ギリシア語、ラテン語、フランス語、イタリア語、英語ができ、筆跡も見事で、医学、動物学、植物学、地質学、気象学、博物学などの科学に通じ、政治家でもあり、ピアノが弾けて、絵は画家レベルで、ダンスと乗馬も得意でした。まさに、あらゆることに有能です。

しかし、努力によって、すべての望みがかなったわけではありません。

ゲーテが二〇年もの歳月をかけて書き上げた『色彩論』という科学書は、当時の科学者たちから嘲笑されてしまいました。そして今でも評価されているとは言えません。

カフカ

11

あらゆることに無能

無能、あらゆる点で、しかも完璧に。

[日記]

努力するにも、力がなければどうしようもありません。歩き続けることができるのは、歩けるからで、そもそも歩けなければ、歩き続けることなんて夢のまた夢です。

「文句のつけようのない無能力」

「冷えきって、空っぽ。自分の能力の限界を痛感する」

「いつか突然、ぼくの途方もない無能力が誰の目にもあきらかになって、両親や世間の人たちを驚かすだろう。そういう確信をずっと抱いてきた。未来への道案内はこの無能力だけなので、未来についてあれこれ考えてみても、得るものはなかった。現在の悲しみがどこまでも続いていくだけだった。ぼくはその気になれば背筋をのばして歩くこともできたが、それでは疲れるし、猫背が将来どんな害を及ぼすのか見当もつかなかった」

こんなカフカのことですから、小説のほうも、しばしばスランプに陥(おちい)って、書けなくなりました。そんなとき助けてくれたのが、親友のブロートです。カフカを旅行に連れ出したり、いっしょに旅行記を書こうと誘ったり、日記をつけるように勧めたり、あの手この手でカフカの気を引き立てています。

ブロートのような友達を持つことは難しいですが、落ち込んだときにはやはり旅行や日記が役立つことがわかります。なにしろ、カフカでさえ効果があったのですから。

ゲーテ
12
すべてが美しい詩に

ミダース王よ、あなたの運命は痛ましい。
空腹に震える手でふれた食べ物は、黄金と化した。
わたしの場合も似たようなものだが、もっと楽しい。
わたしの手がふれれば、たちまち詩となる。

［詩　ヴェネツィアのエピグラム］

ミダース王というのは、ギリシア神話に出てくる王です。「ふれるものすべてが黄金に変わるようにしてください」と神に願ったのですが、食べ物や飲み水まで黄金に変わってしまい、死にかけます。ちなみに、童話『王様の耳はロバの耳』に出てくる、ロバの耳の王様も、ミダース王です。やたらと困ったことになる王様です。

ミダース王が何でも黄金に変えられるように、ゲーテは何でも美しい詩にできるというのです。じつに自信に満ちあふれています。あけっぴろげに、こんなことを言ってしまえるのが、ゲーテらしいです。反感をかわないかな、とか心配しないわけです。

そして実際、ゲーテはじつにさまざまなことを詩に詠んでいます。出かけた先でも、テーブルとか、壁とか、ドアとか、どこでもかまわず詩を書きつけています。勝手に落書きしているわけですが、いい詩だと確信しているので、堂々と書きます。

「創作の喜びは、無限だった」

ゲーテは自伝『詩と真実』の中で、こう書いています。

そして、この言葉をじつはカフカが、日記の中に引用しています。コメントはなく、ただこの言葉だけを。カフカはいったいどんな気持ちで、書き記したのでしょう。

ミダース王はふれるものがみな黄金になり、ゲーテはふれるものがみな詩になり、カフカの場合は、ふれるものがみな自分を傷つけるのかもしれません。

カフカ 12

すべてが暗闇の底に

ぼくの書くことは、ぼくの話すこととちがい、
ぼくの話すことは、ぼくの考えることとちがい、
ぼくの考えることは、ぼくの考えるべきこととちがう、
そんなふうにして、暗闇の底まで続いていくんだ。

[妹のオットラへの手紙]

自分についても、自分に起きたことについても、はっきりしたことは何も伝えられない、という短い手紙の最後に、カフカはこう書いています。

カフカは書くことに苦しみを感じるほうでした。というより、うまく書けないことに苦しむのですが、いつもうまく書けないと感じているので、けっきょく書くときはたいてい苦しんでいます。

作家に限らず、楽しんで仕事をするタイプと、苦しんで仕事をするタイプがあるように思われます。ゲーテは前者で、カフカは後者でしょう。

でも、もちろんカフカにも創作の喜びがありますし、ゲーテにも創作の苦しみがあります。ゲーテは苦しみも楽しんでいるだけです。カフカは日記にこう書いています。

「たとえば今日書いた『伝説の解釈』（訳注・カフカの長編『訴訟（審判）』の「大聖堂にて」という章の中のエピソード。後に「掟の門」という独立した短編小説になります）には、満足感や幸福感を覚えないでもない。だが、そのことでぼくは報いを受けるにちがいない。それも、決して立ち直れないように、あとになってから。そういう意識がたえずある」

満足感や幸福感を覚えても、あとでそれをひっくり返されるのではないかと、つねに不安なのがカフカなのです。

ゲーテ

13

自信を持てばうまくいく

自信を持つことです。
そうすれば、
どう生きればいいのかわかりますよ。

［ファウスト］

普通は、どう生きればいいのかわかることで、自信がつきます。学生時代はふらふらしていた人でも、仕事に就いて、ある程度経験を積んで、いくらか出世もしたりすると、見違えたように自信にあふれた様子になるものです。

どう生きればいいのかわからないと、進む道が決まらないわけで、どうしたって足取りに自信がなくなります。

つまり、生き方が定まる↓自信がつく、という流れです。

でも、ゲーテは逆だと言います。自信を持てば、自然と、進むべき道が開けてくるのだと。

高村光太郎の「道程」という詩は、九行のものが有名ですが、もとは百二行の長い詩でした。その出だしはこうです。

「どこかに通じている大道を僕は歩いているのじゃない　僕の前に道はない　僕の後ろに道は出来る　道は僕のふみしだいて来た足あとだ　だから　道の最端にいつでも僕は立っている」

だとしたら、やはりゲーテの言うように、まず先に自信こそが必要であるかもしれません。

カフカ 13

自信を持てないからうまくいかない

この世界での、
この町での、
ぼくの家庭での、
自分の位置というものに、
まったく自信が持てない。

[乗客]

自信を持てば道が開けるとしても、そもそも自信を持つことが、ほとんど不可能に近いほど困難だとしたら……。

カフカの場合、根拠のない不安や罪悪感はふんだんにわいてきますが、根拠のない自信というのはどんなに掘ってもわいてきません。

そもそも自分の居場所が見つからないのです。どこかに歩き出すどころではありません。まだスタート地点がよくわからないのですから。

ここが自分のいる場所だと思えるのは、どんな場所でしょうか？

「居場所」の研究によると、「自分を受け入れてもらえる場所」「心が落ち着く場所」「自由にふるまえる場所」「思いにふけることのできる場所」「自分を肯定できる場所」「他人から干渉されずにすむ場所」などが、居場所となりうるようです。

家庭をそういう場所と思える人は幸せです。社会にそういう場所を見出せる人も幸せです。カフカは親友のブロートへの手紙にこう書いています。

「町でも、家庭でも、仕事でも、交際でも、恋愛でも、民族でも、そうしたすべてにおいて、ぼくはダメな人間であることがはっきりした。しかも、そのダメさ加減ときたら、まわりの人たちをどんなによく観察してみても、他には誰も見つからないほどなんだ」

ゲーテ

14

欠点が魅力

欠点のなかには、その人にとってなくてはならぬものもある。
もし昔からの友達が、欠点をあらためたとしたら、
わたしたちはさびしく感じるだろう。

［親和力］

ゲーテが自信に満ちているのは、長所ばかりで、欠点がないからではありません。多くの欠点を自覚していました。「短気」「落ち着きがない」「わがまま」「気まぐれ」「怒りっぽい」「激しやすい」といった短所を自分自身で挙げています。

しかし、ゲーテは人間の持つ欠点を愛しました。自分の欠点も、他人の欠点も。「あやまちこそが、人を愛すべきものにする」（格言と反省）とも言っています。

親友の詩人シラーも、変わったところの多い人でした。ある日、ゲーテが訪ねて行くと、シラーは留守でした。書斎で帰りを待っていると、異臭がして、気分が悪くなってきました。机の引き出しを開けてみると、腐った林檎（りんご）がたくさん。

驚くゲーテに、シラーの奥さんが、「引き出しには、いつも腐った林檎をいっぱい入れておかなければいけないんです。夫は腐った林檎の臭いを嗅ぐと気分がよくなります。これがないと詩を書くことができませんし、生きていくこともできないんです」

ゲーテは不健康なことが嫌いです。そんなゲーテからしたら、受け入れがたい欠点だったはずです。ゲーテでなくても、普通の人でも、これはそうとうひくでしょう。

それでも、腐った林檎の悪臭に気を失いそうになったりしながらも、ゲーテはシラーとのつきあいを続けています。もしシラーがその癖を直したら、ゲーテはさびしく思ったかもしれません。

カフカ 14

受け入れられない欠点

お気づきですか、お母さん、
ぼくのこの欠点に。
あなたは決してそれを受け入れられないでしょう。

［婚約者の母親への手紙］

自分から結婚を申し込んで婚約したフェリーツェという女性の、母親に出した手紙の一節です。

愛する女性の母親にこんなことを言ってしまうところが、まさにカフカの欠点です。カフカは自分の欠点を受け入れません。他人に対しては、長所ばかりを見ようとしますが、自分に対しては、厳しく欠点をあげつらいます。

「ある弱さ、ある欠点、それがあることははっきりしているのだが、書き表すことは難しい。それは、心配性、ひっこみ思案、おしゃべり、優柔不断などの混じり合ったものだ。この弱さは、ぼくを狂気から守っていると同時に、あらゆる向上を妨(さまた)げている」（日記）

「ぼくは愚かな感情や怖ろしい感情をとてもたくさん抱え込んでいる。真っ当な感情なんて出てきやしない。出てきても、どうせ途切れ途切れだ。だから、まるで無力なんだよ」（ブロートに語った言葉）

失敗については、こんなことも書いています。

「家庭生活、友人関係、結婚、仕事、文学など、あらゆることにぼくは失敗する。いや、失敗することさえできない」（八つ折り判ノート）

失敗するどころか、失敗するところまでもたどりつけないのです……。

ゲーテ

15

名を残す

自ら（みずか）を不滅の存在とするために、
わたしたちはここにいるのだ。

［温和なクセーニエン］

今も地球上に生き続けている生きものは、人間も含めて、なんとしても生き続けようとします。生き続けようとする意欲の弱い生きものは絶滅していったからです。

そういう人間にとって、死んだら無では耐えがたい、死んでもなお生きたい。

ですから、あらゆる宗教は魂の永遠を唱え、死後の世界を提示します。子孫を繁栄させようとすることも、生き続けようとする意欲と無関係ではありません。

また、人は名を残そうとします。銅像になろうとします。建物を建てようとします。それもまた永遠に生きるための方法のひとつです。

「わたしが生きた地上の日々の痕跡は、未来永劫、消え去ることはない。そういう、この上ない幸福の予感のうちに、わたしはいま、この最高の瞬間を味わうのだ」

これは「ファウスト」で、ファウストが死ぬ瞬間の最期の言葉です。自分の生の痕跡が残ることが、この上ない幸福とされています。

ゲーテも自分の不滅を願っていましたし、実際にゲーテの名は不滅です。

ゲーテが生きている当時、ゲーテとシラーのどちらがより偉大か、人々の間でよく論じられたそうです。それに対してゲーテは「そういうことを論じられるような人物が二人もいるということを喜べばいいのだ」と言ったそうです。余裕のある言葉です。

カフカ

15

失敗を残す

目立たない生涯。目立つ失敗。

［日記］

永遠に生き続けるのは、名声だけとは限りません。

「恥ずかしさだけが後に残って生き続けるかのようだった」（長篇『訴訟』の最終文）

平凡なサラリーマンだったカフカの生涯は、目立たないものでした。

そして、カフカは数々の失敗をしています。親子関係に失敗し、人づきあいに失敗し、結婚することに失敗し、したがって当然、子供を残すことにも失敗します。

そして、肝心の小説についても、カフカ自身は失敗作と思っていました。

作品をすべて焼却するようカフカが遺言したのは有名です。

カフカは生前に本を何冊か出していますが、それらはすべて、当時の人気作家だった親友のブロートの尽力によるものです。カフカの小説を出すよう出版社を説得するのも大変でしたが、それよりずっと大変なのが、カフカを説得することでした。最初の小品集『観察』を出すときも、カフカは削りに削って、すごく薄い本になりました。

しかも、ようやく出版社に原稿を渡しても、カフカは編集者に「出版していただくよりも、原稿を送り返していただくほうが、あなたにずっと感謝することになります」と言ったりするのでした。

その『観察』が出版されて、知りあいの女性に献呈したとき、カフカは本にこんな言葉を書きました。「いちばんいいのは、いつもパタンと閉じておくことです」

対話

4

チャンスをつかむ×チャンスに背を向ける

ゲーテ

16

夢は実現する

わたしたちが
将来こうありたいと願うのは、
自分にその素質があると予感しているからこそで、
いずれは実現することを、今は夢見ているのである。

［自伝　詩と真実］

「いつかもぎ取りたいと思っている果実を、前もって味わうということも、ありうるのではないだろうか」（ヴィルヘルム・マイスターの修業時代）

夢を実現した将来の自分の姿を想像して、うっとり。それが、いつか食べることのできる果実を前もって味わっているのだとしたら、こんなに嬉しいことはないですね。

ゲーテはこう続けています。「わたしたちは、じつはすでに自分が持っているものに、あこがれを感じているのだ」「順調なら、まっすぐな道を歩んで行けるし、逆境にあっては、回り道もしなければならないが、やがてまた本来の道に戻れるだろう」

実際、ゲーテは若い頃、文学の道に進みたいと願っていて、別の道に進ませたがった父親のために遠回りをしましたが、それでもけっきょく、文豪となりました。

ただ、現実には、夢がかなわない人もたくさんいます。そのことについてゲーテはこんなふうに書いています。「自分の天職だと感じながらも、あきらめなければならなかったことが、他の人によって成就されるのを見ると、人類はみんなでひとつの存在であり、ひとりひとりはみんなの中に自分を感じるときだけ喜びと幸せを味わえる、という美しい感情がわいてくる」

美しすぎて、こんな感情がわいてくるなんてことは、普通の人間にはなかなか難しそうです。

カフカ 16

絶対不可能というのが本当

こうして、
またしても誘惑が始まり、
またしても絶対不可能という答え。
どれほど悲しくても、
けっきょくはそれが本当なんです。

［友達の妻エルゼ・ベルクマンへの手紙］

「信じていれば、夢は必ずかなう」と語る有名人はたくさんいます。

カフカは、まったく逆のことを言う、珍しい有名人です。

「世界は可能性に満ちあふれています。でも、ぼくはまだ目にしていません」（ミレナへの手紙）

カフカにかかると、人生の可能性は、まるで亡霊のように、不確かです。

ここまで言われると、逆に、小さな願望くらいはかなえられるはずだという気になってきますが。

ただ、カフカの場合は実際、何かに挑戦してみても、なかなかうまくいきませんでした。

たとえば、カフカは「子供は親元をなるべく早く離れるべき」という考え方で、自分の妹たちにも、子供を早く巣立ちさせるように忠告しています。

でも、自分はというと、就職してからも、ずっと親と同居でした。

妹のほうが先に独立しています。カフカはその妹の部屋を使わせてもらったりしていますが、ついに自分の部屋を借ります。三二歳のときです。

でも、食事は親のところで食べていました。借りた部屋は日あたりが悪く、冷え切っていて、カフカは喀血（かっけつ）してしまいます。そうして、また親元に戻ることに……。

ゲーテ
17

ぐずぐずしない

気分がどうのこうのと言って、なんになる?
ぐずぐずしていて、気分がのってくるわけがない。
今日できないようなら、明日もだめだ。
一日だって無駄にしてはいけない。

[ファウスト]

「勉強しなさい」「仕事しなさい」などと言われて、「今日はそういう気分じゃないんだよな～」と思ったことはありませんか？

じゃあ、次の日なら、そういう気分になるかというと、次の日もそういう気分じゃなかったりします。

へたをすると、毎日、そういう気分じゃなかったりします。

やりたくない嫌なことなら、なかなかやる気が出るものではありません。

やりたい好きなことでも、大切に思えばこそ、「調子のいいときにやりたい。調子の悪いときにはやりたくない」と思うもの。

それでもやらなければならない場合は、やるようなやらないような、机の前でぐずぐずすることになりがちです。

作家のような芸術家ならなおさら、「今日はインスピレーションがわかない」「今日は調子がいまいちだから、こういう日はいいものができない」と言って、その日の気分を重視しそうです。でも、ゲーテはそういうことは言いません。

実際、「やる気がわいてから、とりかかろう」と思っていると、なかなかやる気はわかないものです。とにかくとりかかってみると、意外に進められたりします。やる気は先にわくものではなく、やり出してからようやくわいてくるもののようです。

カフカ
17
ぐずぐずする

今夜はずっと書き続けるべきだったでしょう。
ぜひともそうするべきだったでしょう。
なにしろ、ぼくの小さな物語の結末のすぐ前までできているのです。
一気に書き上げるほうが、統一感がでますし、夢中になれます。
それはこの結末に、どれほど良い効果をもたらすかしれません。
にもかかわらず、ぼくはやめます。
思いきって書いてみる勇気がありません。

［フェリーツェへの手紙］

カフカの小説で最も有名なのは、「ある朝、目覚めると、虫になっていた」という『変身』でしょう。

その『変身』を書いているときに、結末の手前までできて、一気に書かずに、いったん保留したことを、カフカは当時の恋人のフェリーツェに手紙で報告しています。その晩にいいものが書けるかどうか確信できず、ついためらってしまったのでしょう。

しかし、翌日の手紙で、カフカはこう報告しています。「ぼくの小さな物語にとって、いまやもう本当に遅すぎるのです。こうなりはしないかと怖れていた通りに。それは未完成のまま、明日の夜まで天を見つめていることになります」

やっぱり、ぐずぐずしないほうがよかったのです。

さらに次の日の手紙では、「ぼくの小さな物語が終わりました。ただ、今日書いた結末に、まったく満足できません。もっといいものが書けたはずです。それは間違いありません」

『変身』の結末は完璧だと思うのですが、カフカ自身は満足していなかったようです。

ぐずぐずせずに、どんどん書いていれば、もっといいものになったのかもしれません。でも、ぐずぐずしないのでは、もはやカフカではありません。それでは、そもそも『変身』は書けなかったでしょう。

ゲーテ
18

成しとげる

そういっても、
無理にやってもだめなことはある。
精神力だけではうまくいかないときは、
好機の到来を待たなければならない。

［ゲーテとの対話］

気象学にも通じていたゲーテは、三五歳のときに気圧計を発明します。今でも「ゲーテの気圧計」として販売されています。それで気圧を測って、気圧が高いときのほうが仕事が楽で、気圧が低いときには調子がよくないことに気づきます。で、気圧の低いときには休むようにしたかというと、そうではなく、逆に、気圧の低いときには、もっと努力するようにしたのです。

でも、だからといって、精神力さえあれば何でもできる、うまくいかないのは精神力がないからだ、前進あるのみ、というような人では、ゲーテはありませんでした。「好機の到来を待たなければ」は「一日だって無駄にしてはいけない」と矛盾しているようですが、そうではありません。気分に左右されず、とことん頑張って、それでもうまくいかないときは、じたばたせずにチャンスを待つ。理想的であり現実的です。

ゲーテは実際にその通りにしています。たとえば、世界文学の最高峰とも言われる『ファウスト』。二一歳の頃から構想をねり、最初に書いたのは二四歳から二六歳のとき。でも、未完に終わります。一〇年以上経ってから、三九歳のときイタリアで書き足し、四一歳で『ファウスト断片』を発表。四八歳からまた書き進め、五七歳のときにやっと第一部完成。そして、第二部が完成したのは、亡くなる前年の八一歳のとき。頑張りと、好機の到来を待つことをくり返し、六〇年かけてついに完成させます。

カフカ
18
未完に終わる

もうこれ以上、書き続けることができない。
最後の境界線まで来てしまった。
この前で、ぼくはまた、
何年間もすわったままでいることになるだろう。
それからまた、新しい小説を書き始めるだろう。
また未完成のままになる小説を。

［日記］

カフカには三つの長編があります。『失踪者（アメリカ）』『訴訟（審判）』『城』です。これらはいずれも未完です。長編以外でも、未完の作品がたくさんあります。むしろ、完成した作品のほうが少なく、カフカの作品の大部分は、未完の断片です。

カフカは四〇歳で亡くなります。八二歳まで生きたゲーテと比べると、半分以下です。もしゲーテくらい長生きしていたら、作品を完成させていたでしょうか？

これはもう想像でしかありませんが、おそらく完成した作品もあったでしょう。しかし、どんなに時間があったとしても、すべてが完成したとは思えません。とくに三つの長編は、いつまでも未完のままであったのではないでしょうか。

カフカは長編『失踪者（アメリカ）』の第一章だけを、短編『火夫』として出版するとき、出版社への手紙にこう書いています。「これは断片であり、いつまでも断片のままでしょう。そうあり続けることが、この章に最大の完結性を与えるのです」

彫刻家のロダンは、頭部や腕や足のない彫刻（トルソ）をあえて作りました。未完成であるかのような作品もあります。そこには、未完成ならではの美があります。

カフカの場合は、わざと未完成にしたわけではありませんが、安易に完成させることなく、どうしても完成させることのできなかった作品たちには、未完成ならではの魅力があります。

対話

5

行動する×ひきこもる

ゲーテ

19

喜んで行い、行いを喜ぶ

喜んで行い、行ったことを喜べる人は、幸福である。

［格言と反省］

ゲーテは「行動の人」でした。行動をとても重視しています。知の人でもあるわけですが、あれこれ悩んでいるだけでなく、とにかく行動してみることを好みました。でなければ、地位も名声もある男が、七四歳で一九歳の少女にプロポーズできません。「格言風に」という詩集の中にも、こういう詩があります。

「幸運は誰に最も美しい栄冠を授けるだろうか？　喜んで行い、行ったことを喜べる者にである」

『アルプスの少女ハイジ』の作者のヨハンナ・シュピリは、この言葉が大好きで、よくこれを書いて人に送っていたそうです（ちなみに、『アルプスの少女ハイジ』の着想も、ゲーテの小説『ヴィルヘルム・マイスターの修業時代』『ヴィルヘルム・マイスターの遍歴時代』から得たそうです）。

喜んで行い、行ったことを喜ぶのは、なかなか難しいことです。なかなか行わず、行ったことを後悔して悲しむというのなら、よくあるかもしれません。

「自己効力感」という言葉があります。「自分には何かができる」という有能感のようなものです。とにかく何かを実行すると、たとえ失敗しても、「自己効力感」は高まるそうです。人の心は自然と「行ったことを喜ぶ」ようにできているようです。

告白して、見事に失敗して泣いたゲーテも、「自己効力感」はアップしたでしょう。

カフカ
19

ただじっとしているだけ

進みたいと望んでいる道を、ぼくは進むことができません。
いえ、それどころか、
その道を進みたいと望むことすらできません。
ぼくにできるのは、じっとしていることだけです。
その他には何も望めません。
事実、他には何も望んでいません。

［ミレナへの手紙］

カフカには、ブルーノ・カフカという二歳年上の親戚がいました（お互いの父親がいとこ同士）。二人は外見がよく似ていたそうです。どちらも同じくらい背が高く、髪も黒く、目も黒っぽい。ただ、フランツがとても痩せているのに対して、ブルーノはがっしりした体つきでした。

そして、中身は正反対でした。ブルーノは、学生時代から学生委員会の委員長をつとめ、大学教授となり、高名な弁護士となり、鉱山王の娘と結婚して巨万の富を手にし、妻の父が買収した新聞社を支配し、それを足がかりに政界に打って出て、政党の党首にまでのぼりつめます。

まさにポジとネガです。行動するカフカと、行動しないカフカ。

フランツ・カフカは恋人のミレナへの手紙で、こんなふうに書いています（おまえというのはカフカ自身のことです）。「おまえは三八歳で、とても疲れている。その年齢ではありえないほどに。もっと正確に言うと、不安なのだ。この落とし穴だらけの大地に、一歩を踏み出すのをこわがっているのだ。だからいつも同時に両足を宙に浮かせているようなもので、疲れているわけではなく、この途方もない不安のあとにやってくる、途方もない疲労をこわがっているだけなのだ」

行動することを考えただけで、不安でへとへとになってしまうのです。

ゲーテ

20

行動で自分がわかる

自分自身を知るには、どうすればいいのか？
じっと見つめていたってわかりはしない。
行動してみればわかる。
自分の義務を果たしてみよう。
そうすれば、すぐにわかる。
自分に何がそなわっているのか。

だが、義務とは何か？
目の前のやらなければならないことだ。

［ヴィルヘルム・マイスターの遍歴時代］

「自分のことは自分がいちばんよくわかっている」と言います。

でも、記憶喪失になると、自分の性格や能力もわからなくなるようです。

自分が知っている自分とは、「過去にこういうことをした」という自分の過去の行動の積み重ねだということでしょう。ケンカをして勝った記憶があるから、自分は強いと思い、ケンカをして負けた経験があるから、自分は弱いと思う。

ですから、ゲーテの言うように、ただじっと自分を観察していても、自分のことはわかりません。転がす前のサイコロを見つめていても、どの目が出るかわからないように。とにかく転がしてみれば、どれかの目が出ます。それでようやく、また少し自分のことがわかります。実際、新しい仕事に就いたり、新しい環境に移ったり、新しい人と出会ったりすると、新しい自分に気づくことがあります。

ただ、たとえば仕事にしても、「厚生労働省編職業分類」によると、日本には約二万八千種もの職業があるそうです。すべて試そうとしたら、大変なことになります。

では、どうするのか？　目の前のやらなければならないことをやってみようとゲーテは言います。それはつまらない仕事であったり、雑事であったりするかもしれません。でも、まずはそれをやってみれば、自分について何かがわかる。わかれば、一歩前進です。詩人のオーデンも言っています。「見るまえに跳べ」と。

カフカ 20

頑張れば傷つくだけ

たくさんの切っ先がぼくの内部に入り込もうとしている。
ふり払おうと頑張ってみても、
切っ先をもっと深く押し込むことになるだけだ。

［ブロートへの手紙］

行動すれば、どうしたって傷つくことがあります。自分が傷つきやすいということを知るだけで、他に何も知る余裕がない場合もあります。

「傷つくことを怖れていては何もできない」と言いますが、そういうことを言えるのは傷つかない人です。傷ついても傷の浅い人です。あるいは傷を癒やせる人です。癒やせないほどの深い傷を負ってしまえば、それこそ何もできなくなります。だから、怖れずにいられるはずがありません。

傷つきやすい人は、カフカのように、何か鋭いものがたくさん自分のほうを向いていると感じることがあるのではないでしょうか。少しでも行動しようとすれば、それが刺さって傷ついてしまう。身動きひとつも難しい。

そんなカフカなのに、ある日、アスベスト工場の責任者をまかされます。父親と妹の婿が設立した工場で、二人が留守の二週間だけです。それでもカフカにとっては、新しい経験をして新しい自分に気づくどころの話ではありません。自殺を考えます。

「長いこと窓辺に立ち、身体を窓ガラスに押しつけていた。橋の上で通行税を取りたてている男が見えた。墜落してあいつをびっくりさせてやろうか、という気がたびたび起こった」

手紙を見てびっくりしたブロートがあわててカフカ家に駆け付け、事なきを得ます。

ゲーテ

21

安楽椅子は使わない

安楽椅子を手に入れたんだが、
こんなものはめったに使わないだろう。
あるいはぜんぜん使わないかもしれない。
安楽というやつは、わたしの性分にまるであわないんだ。
部屋にはソファーも置いてない。
古い木の椅子をずっと使っているよ。
安楽で趣味のいい家具を身の回りに置くと、
考えがまとまらず、
くつろいだ受け身の状態になってしまうからね。

[ゲーテとの対話]

人間は安楽が大好きです。走るよりも歩くほうがいい、歩くよりも立ち止まるほうがいい、立っているよりもすわっているほうがいい、すわっているよりも寝るほうがいい、寝るんだったら、かたい布団よりもやわらかい布団のほうがいい。

でも、ゲーテはあえて楽を避けます。これはゲーテが八一歳のときの言葉です。亡くなる一年前くらいです。もういい加減、安楽椅子にゆったり腰かけてもいいと思うのですが、ゲーテは一生、お尻の痛い椅子にすわり続けました。

それどころか、作品を書くときには、ゲーテは「立ち机」を使っていました。立ち机とは、その名の通り、立ったままで使う机です。口述筆記をするときでも、椅子にすわるのは秘書のほうで、ゲーテは立ったままでした。

若いくせにすぐにすわりたがるようではろくな人間にならないし、しかも肘掛けや背もたれのある安楽な椅子を好むようでは使いものにならないと言っていたそうです。

そして、ゲーテの部屋はとても質素でした。普通なら、安楽で趣味のいい家具を身の回りに置きたいでしょう。自分の部屋でお気に入りのものに囲まれて、リラックスして、ついうとうとしたりするのが幸せというものです。

ゲーテにしても、ついそうなってしまうからこそ、頑張って、リラックスできない環境作りをしていたわけです。

カフカ

21

朝起きるだけでも大変

人が毎朝、起き上がるというのは、驚くべきことです。
自分ひとりで、この身体を持ち上げなければならないんです！
そんなとき、ぼくの目には見えます、
ぼくにおおいかぶさっているぼく自身が。
身動きもままならず、
その死体を少しでも持ち上げるには、
大変な苦労をしなければなりません。

［ミレナへの手紙］

朝、起き上がるだけで、驚く人がいるということに、驚いてしまいます。怪奇心霊現象みたいに書かれていますが、自分が起き上がるのを邪魔するのは自分自身というのは、わかる気がする人が少なくないと思います。

こんなカフカですから、散歩をするだけでも大変な騒ぎです。

「散歩をしようと思えば、人はその都度、顔を洗ったり、髪をとかしたり、それだけでも、もう充分に骨の折れることなのに、そのうえに、散歩に必要なものがいつも整っていなくて、服をつくろったり、靴をつくろったり、帽子をつくろったり、ステッキを削りあげたり……。もちろん、こんなことをすべてうまくやれるものではありません。通りを二つ三つ過ぎるくらいまでは、なんとかもちますが、にぎやかな大通りまでやってきた頃には、突然、すべてばらばらになって落ちてしまいます。ぼろ切れや破片に取り巻かれて、裸で立ちつくすことになるのです。そんな姿で家まで駆け戻る苦痛！　大通りに行こうとすれば、人は破滅することになり、自分と世界を辱める（はずかし）ことになるのです」（ミレナへの手紙）

もちろん、本当に服や靴や帽子やステッキがいきなり解体して、裸で大通りを走るようなことになるわけはありません。とはいえ、カフカの実感をかなりそのまま表しています。わかる人には、とてもわかる気持ちではないでしょうか。

ゲーテ

22

力強い態度を示せ

臆病な考え、不安な迷い、
弱気なためらい、心配そうな嘆き、
それでは何も変わらない。
おまえは身動きがとれない。

おまえを抑えつける、
すべての力に、立ち向かえ、
決して屈服せず、力強くふるまえ、
そうすれば、
神々の力を呼び寄せることができる!

[歌唱劇 リラ]

ゲーテが死んだ後も、ゲーテの言葉は生き続けます。そして人を動かします。ある父親が、ゲーテのこの言葉が好きでよく口にしていました。とくに「おまえを抑えつける、すべての力に、立ち向かえ」という箇所がお気に入りでした。

子供たちもすっかり暗記して、「すべて」と父親が言うだけで通じるほどでした。

しかし、青年となった息子のハンスは、経済を復興させてくれるナチスに賛同し、自らヒトラーユーゲント（ナチスの青少年教化組織）に加入します。娘のゾフィーも、ドイツ女子同盟（ナチスの女子組織）に入団します。父親はナチスに反対していたのですが、子供たちは断固としてナチスを支持しました。

ところが、ハンスもゾフィーも、次第にナチスに疑念を抱くようになります。

そして、自分たちがやってきたことに苦しみながら、大人へと成長していきます。

二人はついに、非暴力主義の反ナチ運動を行うようになるのです。

有名な「白バラ抵抗運動」の、ハンス・ショルとゾフィー・ショルの兄妹です。

ゾフィーは手紙に書いています。「私もときどき降参したくなってしまう。でも、『おまえを抑えつける、すべての力に、立ち向かえ』だからね」

ハンスは、ナチスによって処刑される直前に、独房の白い壁に鉛筆で書き残しました。「おまえを抑えつける、すべての力に、立ち向かえ」

カフカ
22

家に閉じこもりたい

もしぼくに将来というものがあるのなら、
成り行きにまかせておけばなるようになる、という気がしていた。
自分の将来を信じていたから、そんな法則にすがったのではない。
将来なんて、ないと思っていた。
ただ、そう考えたほうが、生きるのが楽になる。
今までどおりに、歩き、服を着替え、風呂に入り、本を読む。
とくに、家にひきこもることは、
いちばん面倒がないし、なんの勇気もいらない。
それ以外のことをやろうとすると、
どうしてもおかしなことになってしまうのだ。

［日記］

ゲーテの言葉の前半は、まるでカフカを叱っているようです。

でも、カフカは自分から変えたり動いたりしたいとは思っていないようです。

もし自分がいつか結婚する運命なら、そのうち相手が目の前に現れるはずだ。もし自分がいつか成功するのなら、そのうちチャンスが訪れるはずだ。それが本来の運命なら、いずれむこうからやってくるはずだ。だから、今の生活をこのまま続けていればいい。こういう考え方をしている人は少なくないと思います。

どこかで、「その考え方はおかしいぞ」「このままではまずいぞ」と気がついてはいますが、とりあえず今日は深く考えるのはやめておきます。昨日もやめておいたような気がしながら。たまに何か頑張ってみても、どうもうまくいかなくて、「これは自分が本来やるべきことではないのでは？」という気がしてきて、やる気が失せます。

こういう日常は、若いうちは、それなりに楽しく送っていけます。そして、こういう人はなぜか顔がいつまでも若いです。外に出さずに部屋に飾ってある自転車がいつまでもピカピカなように。カフカも自分が若く見られることをとても気にしています。

「ぼくは決して大人の男になれないだろう。四〇歳になっても子供のような顔のままで、それから一気に白髪の老人になってしまうだろう」（ブロートに語った言葉）

二〇代の言葉ですが、本当に四〇歳まで若い顔のままでした。そして亡くなります。

ゲーテ

23

思えばできる

やるべきと確信していることを、
やりとげるだけの力は、
誰にでも、まだ残っているものだ。

[格言と反省]

「もっと勉強しておけばよかった。もう遅い」「もう昔のような力はない。無理だ」

こんなことを人はよく思うものです。歳をとってからだけでなく、すでに二〇代の頃から、「二〇代ならできたのに、もう遅い」と思ったりするものです。

でも、やるべきと確信していることをやりとげる力が、誰にでも残っていると、ゲーテは言います。なんとしてもやりとげたいという執念を持っていると、寿命さえいくらかは延びるものです。晩年のゲーテは、何度も大病をし、もはやこれまでとあきらめかけたこともありました。七四歳で一九歳の少女ウルリーケにふられた後も、傷心のせいか、また病気になります。しかし、ここでも生き延びて、そこから『ヴィルヘルム・マイスターの遍歴時代』や『ファウスト第二部』などの大作を完成させます。

さすがのゲーテも七九歳の頃には、手のひらで隠れるくらいの分量しか一日に書き進められないと言っています。それでも前にも述べたように、一八三一年八月中旬、八二歳の誕生日の前に『ファウスト第二部』を書き上げ、清書した原稿を封印します。「これから先のわたしの命は、まったくの余禄だ」とゲーテは秘書のエッカーマンに言っています。幸せな言葉です。やるだけのことをやり終えたのです。

翌年の一月に『ファウスト第二部』に少し手を加え、三月二二日にゲーテは永眠します。最期はあの「使わないかも」と言っていた安楽椅子にすわって亡くなりました。

カフカ
23

思うことしかできない

巨人アトラースはこんなふうに考えることができた。
「もしそうしたくなったら、
背負っている地球を放り出して、
こっそり逃げ出してもいいのだ」
でも、そう考えることができるだけで、
それ以上のことは許されていなかった。

［八つ折り判ノート］

アトラースは、ギリシア神話に出てくる神です。巨人で、地球を背負っています。この役目はアトラースには苦痛でした。でも、地球を放り出すわけにはいきません。「すべてを放り出して逃げてしまいたい」と考えることは、誰でもあるでしょう。仕事も、家族も、何もかも放り出して、どこかに逃げてしまいたいと。でも、そうはいきません。逃げ出すことを想像してみるだけで、それ以上のことはできません。

カフカは「いつかこういうことをしよう」という夢を語るのがとても好きでした。あくまで夢で、現実に実行するつもりはありません。でも、本気でもあるのです。

誰でも勝手に来て勝手に帰ることができる場を作りたいと友達に語ったこともあります。友達は後に「喫茶店を最初に発案したのは、カフカだったのでは」と書いています。小さな酒場を開いて、ウェイターをやりたいとも言っています。理由は、自分は見られることなく、人を見ることができるから。イタリア旅行をしようとか、スイス旅行をしようとか、旅行の誘いもよくしています。もちろん、本当には行きません。

パレスチナに移住する夢も、くり返し語っています。本気で言っているので、相手も本気にすることが。パレスチナに行こうと誘われ、カフカは丁重に断っています。

ゲーテのように、思うことを実現できる人もいれば、カフカのように、思うことしかできない人もいるのです。

対話

6

生きる喜び×生きづらさ

ゲーテ

24

生き生きしよう

生きている間は、生き生きしていなさい！

［ファウスト　未発表断片］

これは悪魔のメフィストフェレスの言葉です。死んだら魂を奪う気です。でも、いいことを言う悪魔です。これはゲーテ自身の思いでもあるでしょう。じつに生き生きと暮らし、生きる喜びを味わった人です。

膨大な業績を残した、努力の人ですから、遊ぶ暇なんてまったくなさそうですが、さにあらずで、大いに遊んでいます。飲んで騒いで恋しています。

大学生時代のゲーテが通いつめた酒場が、今もドイツのライプツィヒにあります。創業がなんと一五二五年という老舗「アウアーバッハス・ケラー」です。ナッシュマルクト広場には、大学生の頃のゲーテの像が立っていて、目線はちゃんとライプツィヒ大学のほうを向いているのですが、足先はこの酒場のほうを向いています。

『ヴィルヘルム・マイスターの遍歴時代』という小説に、こんなエピソードがあります。大学生が友達数人で旅行中、同じ宿屋にとても高貴な紳士が泊まることに。学生の一人が「おれがあの紳士の鼻をつまめるか、賭けるか？」と言い出します。みんな、とても無理だと思って賭けます。賭を言い出した男は、床屋に扮装して、高貴な方のヒゲを剃りながら、さりげなく鼻をつまんで、まんまと賭け金をせしめました。

一休さんのとんち話みたいですが、この賭を言い出した男をゲーテ自身だと伝えている本もあります。ゲーテらしい、遊び心たっぷりの大らかな陽気さです。

カフカ
24

そっと片隅で

ぼくは静かにしているべきだろう。
息ができるというだけで満足して、
どこかの片隅でじっと。

［日記］

カフカは普通の日常生活を送るだけでも大変です。「普通」はカフカには手が届かないものです。見上げると首が痛くなるほど上にあります。

カフカの恋人のミレナが、カフカと郵便局に行ったときのことを書いています。カフカは電報を書いて、どの窓口で出すか迷います。これは「どれが電報の窓口なのか迷う」という意味ではありません。窓口がいくつかあって、どれでもいいのです。でも、カフカはすごく迷い、ひとつに並んでも、また別の列に並び直したりします。ミレナは「なぜなのか、どうしてなのか、さっぱりわからない」と言っています。

何度か窓口を変えて、ようやく電報を出します。料金を払い、お釣りをちゃんと数えて、一クローネ多いことに気づき、窓口の女性局員に返します。

そして、郵便局の表の階段の最後の一段のところで、一クローネ返したのは計算間違いだったと気づきます。カフカは階段に立ちつくしたまま、動けなくなります。

ミレナが「もうそのままでいいでしょ」と言うと、カフカはものすごくびっくりします。そして、この一クローネ問題について、長い間、話し続けます。

「一クローネが惜しいわけではないのです」とミレナも書いています。もし二万クローネ欲しいと言ったら、喜んでくれる人だと。でも、「二万一クローネ欲しいと言ったら……本気で頭を抱えるでしょう」。

ゲーテ
25

苦痛も過ぎれば甘美

苦痛が残していったものを味わえ！
苦しみも、過ぎてしまえば、甘い。

［詩　格言風に］

苦痛が幸せにつながるのはどんなときでしょう？　二つ考えられる気がします。まず「苦痛がないことの幸せ」に気づかされる場合。たとえば、お腹が痛くなって、この痛みをとってくれさえしたら、すべてを失ってもいい、ああ神様！　というところまで追い込まれた後、痛みが去ると、これはもう本当に幸せです。

もうひとつは「時間の経過」が感じ方を変えてくれる場合。苦しくて自殺まで考えた失恋が、あとになってみると、青春のかけがえのない思い出になったり。

ゲーテは過去に自分が描いた絵についてこう言っています。「ありふれた草花でも、そのひとつひとつが、懐かしい日記の一ページのようなものだ。幸福な瞬間を思い出させてくれるのだから、無意味なものはひとつとしてない。いろんな時期に描いたこれらの絵を、だからわたしは簡単に捨ててしまうことができない。昔のことを思い出すと悲しくもなるが、やはり喜びが心を満たす。これらの絵は、あの過ぎ去った時代にわたしを引き戻してくれるんだよ」（自伝　詩と真実）

年老いるなどして、ベッドの上で身動きがとれなくなったとき、思い出せることがあるのは、どれほど支えになるかしれません。思い出すだけで涙が流れるとしても。「美しい思い出、甘い思い出は、心のいちばん深いところにある命そのものだ」（詩格言風に）

カフカ
25

苦痛が過ぎてもトラウマに

以前は、
苦痛が過ぎ去っていくと、
ぼくは幸福だった。
今では、
苦痛が軽減されるだけのことで、
かえって苦い感情が残る。

［日記］

「以前は、苦痛が過ぎ去っていくと、ぼくは幸福だった」

これはまさにゲーテが言っているのと同じことでしょう。

でも、「今では、苦痛が軽減されるだけのことで、かえって苦い感情が残る」。

カフカは次のようにも言っています。

「何事もなければ、なんとか暮らしていけますが、そこに触れられてしまえば、もとのひどい苦痛に逆戻りです。古い体験がまたなまなましくよみがえるというのではありません。それはたしかに過去のものになっているのです。でも、苦痛の形式というか、傷の古い水路のようなものが残っていて、そこをすべての新しい苦痛の船が、上がったり下ったりするのです。それは最初の時と同じようにおそろしく、今では抵抗力が弱っているだけに、もっとおそろしいのです」（婚約者のユーリエの姉への手紙）

あいかわらず、婚約者の家族に対しても、自分の評価を下げるようなことしか言わないカフカです。それはともかく、これはトラウマの見事な説明ではないでしょうか。

過去の思い出についても、カフカの場合は、いつまでたっても甘くなりません。

「ぼくは三七歳、もうじき三八歳になります。……思い出の積み重なり、その深い森が、ぼくはこわくてしかたないのです。子供のようにこわがりながら、でも子供のように簡単に忘れてしまうことはできないのです」（ミレナへの手紙）

ゲーテ

26

陽気に！

おお！　泣き言はやめなさい。
最悪の日の後でも、
また陽気に楽しむのだから。

［温和なクセーニエン］

ゲーテなら、カフカにこう言うでしょうか。

後でまた書きますが、ゲーテにも、最悪の日が何度もありました。涙があふれるどころか、悲しみのあまり血を吐いたこともあります。それでも、陽気に生きようとするのがゲーテです。

そんなゲーテの陽気な言葉をいくつか。

「恋と情熱と、ぶどう酒と踊りのためにかきたてられた、わたしの血潮」

「朝も夕も夜も、たえまなく音楽が奏でられ、わたしたち若者はほとんど寝る暇もないほどだった」

「わたしはたいてい、朝の早いうちに原稿を書いた。だが、夜でも、いや夜ふけでも、酒と社交が気持ちを高めてくれれば、わたしはなんでも望むままに書けた」（以上、いずれも『自伝　詩と真実』より）

「陽気な人はいつだって助けてもらえる。陽気な人には陽気な人が手を貸すからね」（詩　さあ、飲みましょう）

「陽気な老人よ、ふさぎこむことはない。たとえ髪は白くなろうと、恋をすることもある」（詩　現象）

カフカ

26

陽気って?

よくわからなくなることがあります。
人間はどうやって、
「陽気」という概念を見つけ出したのか。
どうやら、
悲しみの反対のものとして、
考え出しただけのようです。

[ミレナへの手紙]

「陽気」なんてものは、そもそもないというのです。
「悲しみ」だけがあって、その反対のものとして、人々が無理に考え出しただけだと。
これでは、悲しむことはできても、陽気になることはできません。
そもそもカフカは騒いだりすることが嫌いでした。騒音に耐えられないのです。
「この世から、大量の騒音が消えてくれさえしたら」（友人への手紙）
「ぼくの不安に研ぎ澄まされた耳は、いまや何も聞き逃すことはない。歯科技工士の立てる音まで聞こえてくる。彼のところとは窓が四つと階が一つもへだたっているというのに」（ブロートへの手紙）
静かに療養しようとしていた村に、大勢の子供がやってきたときなどは大変です。
「数日前から、プラハの子供たちが二百人くらい、この村に泊まっているんだ。地獄のような大騒ぎ、人類への鞭（むち）だ。ぼくには理解できない、この騒ぎに驚いた村の人たちがどうして、気が変になって家から飛び出し、森に逃げ込んでしまわないのか」（ブロートへの手紙）
では、静かになれば、それで安心かというと、そこがカフカで……。
「少しは静かになった。それがどんなに必要だったことだろう。ところが、少し静かになったかと思うと、もうほとんど静かすぎるのだ」（日記）

ゲーテ

27

他人への思いやり

人が本当に生き生きしているのは、
他人の好意にふれて、
それを喜んでいるときだ。

［格言と反省］

大きな業績を残した天才というのは、利己的で自己中心的な人物である場合も少なくありません。

そういう性格だからこそ、大きなことを成しとげられたという場合もあります。

でも、ゲーテの場合はちがいます。

ゲーテは人間が好きでした。ですから、人と交わるのが好きで、人を喜ばせるのが好きです。

「自分自身を満足させることは難しい。それだけに、他人を満足させたということが、いっそう心のなぐさめとなる」（格言と反省）

何かをしたとき、自分自身は「もっとああすればよかった」とか「あそこがよくなかった」とか、いろいろ不満が出るものです。

でも、それをしたことで、誰かが喜んでくれれば、これはとても嬉しいことです。

たとえば、家族のために料理を作って、自分ではまだまだ腕前に不満でも、食べた家族が喜んでくれれば、心が明るくなるでしょう。人を喜ばせることは、なにより自分を喜ばせることです。

ゲーテは人のために何かができる、やさしい人でした。

「人間よ、気高くあれ！　情け深く、善良であれ！」（詩　神聖）

カフカ
27

弱い者への思いやり

とくにシャクヤクの世話をしてみたい。
シャクヤクはとてもか弱いから。

［会話メモ］

カフカもとてもやさしい人です。その点ではゲーテと同じです。ただ、カフカのやさしさは、もっと弱いもの、小さいものへと向けられていきます。

「花瓶に押し込められている、そのいちばん下の花が苦しまないよう、気をつけなくては。どうすればいいだろう」（会話メモ）

自分が生きづらいだけに、生きづらいものに対して、とてもやさしいのです。

ある日、カフカが公園を散歩していると、少女が人形をなくして泣いていました。カフカは少女に、「お人形はね、ちょっと旅行に出ただけなんだよ」と言いました。

次の日からカフカは、人形が旅先から送ってくる手紙を書いて、毎日、少女に渡しました。当時のカフカはもう病状が重くなっていて、残された時間は一年もありませんでした。でも、小説を書くのと同じ真剣さで、手紙を書いていたそうです。

人形は旅先でさまざまな冒険をします。手紙は三週間続きました。どういう結末にするか、カフカはかなり悩んだようです。人形は成長し、いろんな人たちと出会い、ついに遠い国で幸せな結婚をします。

少女はもう人形と会えないことを受け入れました。

少女に書いたこれらの手紙はまだ見つかっていません。カフカの唯一の童話を読んでみたいものです。

対話

7

仕事にやりがい × 仕事が苦痛

ゲーテ

28

やりたくない仕事もプラスに

仕事のせいで、文学活動ができずにいる、
そう言ってわたしを心配してくれる友人たちは、
わたしが仕事のために犠牲にするものばかりを見て、
わたしが仕事によって得るものを見ないのです。
毎日、多くを与えることによって、
毎日、豊かになっていくことがわからないのです。

［母への手紙］

ゲーテほどの文豪でも、作家としての収入で暮らすことは無理でした。

二五歳のときに出した『若きウェルテルの悩み』が大ベストセラーになり、ドイツ国内はもとより、ヨーロッパ各国で翻訳され、さらに中国でまで翻訳されました。でも、当時は作者にそれほどお金は入ってきませんでした。

ゲーテの家は裕福なので、仕事をせずに暮らすこともできました。実際、ゲーテの父はそうしていました。しかし、ゲーテの父は幸福とは言えませんでした。

ある日、ヴァイマル公国の若き君主カール・アウグスト公が、旅の途中でゲーテのもとを訪れます。当時のドイツは小国に分かれていて、ヴァイマル公国もそのひとつです。二人はとても話が合い、アウグスト公はゲーテをヴァイマル公国に誘います。いっしょに理想の国づくりをしてほしいというのです。

ゲーテはこの誘いを受けます。ゲーテの人生の大きな転機です。

ヴァイマルに行ってからのゲーテは、政治の仕事に忙殺（ぼうさつ）されて、ほとんど文学作品を発表することができませんでした。その空白期間はなんと一〇年にも及びます。ゲーテは、まるで一発屋のように、世間から忘れられてしまいます。

そのことを、故郷の友人たちが心配します。ゲーテの母親は息子に帰郷を勧める手紙を書きました。それに対する返事がこれです。ゲーテは故郷には戻りませんでした。

カフカ 28

やりたくない仕事はマイナス

ぼくは文学ではとても暮らしていけないでしょう。
だから、ぼくはある社会保険局の役人になったのです。
でも、この二つの職業は、決して両立しません。
一方の小さな幸福が、もう一方の大きな不幸になります。
ぼくがある晩、いいものを書いたとしたら、
気が高ぶって、翌日の役所では何も仕上げられません。
このどっちつかずの状態はますますひどくなります。
役所でぼくは、表面的には自分の義務をはたしていますが、
内面的には、はたしていないのです。
はたされない義務は不幸となって、ぼくの内に残り続けます。

[日記]

カフカの家も裕福でしたが、カフカが仕事もせずに遊んでいられるほどではありませんでした。それに、カフカの父親はそんなことを許す人ではありませんし、カフカのほうも自立を願っていました。

カフカは大学で哲学や文学などを学ぼうとしますが、ついにはあきらめて、それまで軽蔑していた法律を専攻します。なぜ軽蔑していたかというと、それは父親や世間一般の「医者か弁護士がいい」という考え方にしたがうものだったからです。

「ぼくにとって、職業選択の自由など本当には存在しなかったのです」（父への手紙）

カフカは何度か精神的な危機に陥りながらも、なんとか法学博士の学位を得ます。

ブロートは書いています。「いよいよ『パンのための仕事』を見つけなければならなくなったとき、カフカは『職業と文学とはいかなる関わりもあってはならない』という方針を立てた」

好きなことでは食べていけないとき、好きなことに近い仕事を探すべきか、ぜんぜんちがう仕事を選ぶべきか、多くの人が直面する問題です。カフカの答えは後者。

ただ、その結果、二つの仕事はまったく両立せず、お互いが邪魔をするように。

ブロートは、このカフカの方針は間違いだったのではないかと書いています。

でも、カフカが「売れる文章」を書くところは想像できませんね。

ゲーテ

29

仕事をしないのはよくない

仕事の重圧は、いいものだ。
それから解放されたとき、
心は一段と自由になり、
人生はいっそう楽しくなる。
仕事もせずに、
ただ快適に過ごしている人ほど、みじめなものはない。
そんな人には、どんな天の恵みも、ただ不快なだけだろう。

[日記]

仕事をすることはつらい面がありますが、つらい思いもしたほうが、また幸福も感じやすいのでしょう。ずっと寝たきりでいると、寝るのも苦しくなってきますが、休む間もなく動いていて、ようやく横になると、なんとも楽で幸せなものです。

「自分は自由だと宣言したとたん、人は制約を感じるものだ。むしろ、自分は制約されていると宣言すると、自由であることが感じられる」（格言と反省）

ヴァイマル行きを、ゲーテの父親は反対します。

ヴァイマル公国は小さく貧しかったからです。

人口はたった六千人。面積は埼玉県の半分くらい。大火によって荒れ果て、財政もひっぱくしていました。ゲーテ家のある大都市フランクフルトとは大違いです。

父親は、地元で要職についてほしかったのです。

しかし、ゲーテはヴァイマル行きを選びます。小国だからこそ、自分の力を生かせると思ったのです。

ヴァイマルに行った二六歳のゲーテは、財政、外交、農業、公共事業、産業振興、鉱山の開発、炭鉱の再開、森林の管理、軍備の縮小など、多くのことにたずさわり、消防条例から質屋の条例まで作成し、火災現場に駆けつけて消防活動の陣頭指揮をとることまでありました。まさに多忙の極みです。

カフカ

29

仕事を辞められたら最高

しばらく事務所を離れていられると思うと、
嬉しくてたまらないよ。
いつになく頭もすっきりしている。
仕事はほとんど片づけて、きちんと整理しておいた。
もしこのまま永遠に戻らなくていいんだったら、
たっぷり働いた後で、さらに何か喜んでやるよ。
たとえば、屋根裏から地下室までのすべての階段を、
ひざまずいて、きれいに拭き掃除してもいい。
そうやって階段の一段一段に、
感謝の気持ちをこめて別れを告げるんだ。

［ブロートへの手紙］

休暇でマリーエンバート（温泉保養地）に出かけたときの手紙です。大喜びです。

「いちばん強く望んでいるのが、職を捨てるということなんです」（出版社への手紙）

カフカが勤めていた「労働者災害保険協会」はそんなにひどいところだったかというと、むしろ逆です。半官半民の役所で、勤務時間は午前八時から午後二時までの「半日勤務」。上司にも恵まれて、同僚ともうまくいき、順調に出世もしていました。

しかも、労働者が怪我をしないようにあれこれ工夫するのが仕事です。細かいことにも神経をとがらせ、弱者にやさしいカフカには、うってつけです。カフカは、指や腕の切断事故の多い製材機械の問題点を見つけ、その後の事故を未然に防いでいます。

また、ドラッカーの『ネクスト・ソサエティ』という本によれば、安全ヘルメットを発明したのもカフカで、そのおかげで製鉄所の労災死亡者が減ったとのことです。

第一次世界大戦中も、役所がカフカを必要としてくれ、兵役を免除されています。

自分に向かない仕事を長時間やって、しかも評価されない人からしたら、すごく恵まれています。しかし、それでもカフカにとっては苦痛以外の何物でもないのです。

「給料のはしごを、ぼくは登っていくだろう。自分の身体をひきずり上げるようにして。何年も何年も。ぼくはますます悲しい、孤独な人間になっていくだろう。ぼくがそれに耐えられる間は」（日記）

ゲーテ

30

よく働き多くを期待せよ

力をつくして働く者よ、
おまえは手に入れられる、
おまえは期待していい。

［ヴィルヘルム・マイスターの遍歴時代］

「思いきってやった仕事がうまくいった人たちの幸福そうな様子を見るのは、じつにいいものだよ。無事に航海を終えて戻ってきた船、大漁で早く戻ってこれた船、こういう船を見るほど楽しいことはない。（中略）その喜びに満ちた光景には、身内や知り合いや関係者だけでなく、なんの関係もない見物人だって、思わず引き込まれる。利益や儲けは、なにも数字の中だけにあるんじゃない。幸福感こそ、行動する人間の女神なんだ。この女神からの恵みを本当に得ようと思ったら、自分でも生きてみなければならない。そして、全力で精一杯に努力して、その喜びを身体で味わっている人たちを見なければならない」（ヴィルヘルム・マイスターの修業時代）

こんなにも前向きなゲーテですが、思いきって挑戦したヴァイマルの仕事は、残念ながら、必ずしもうまくいきませんでした。さまざまなしがらみ、煩瑣な手続き、複雑な機構、理想よりも利益に走る人たち、将来を見ずに目の前のことばかりに気をとられる人たち……。さすがのゲーテも仕事に嫌気がさしてきます。

そんなときに、志を同じくしていると思っていたカール・アウグスト公が、ゲーテの理想とは異なる行動をとります。これにゲーテは失望してしまい、体調を崩します。

ヴァイマルに来て一一年目の秋、三七歳のゲーテは、夜中の三時に密かにイタリアに旅立ちます。大切な恋人にさえ、何も告げていませんでした。まさに蒸発です。

カフカ
30

シャツが首を絞める

人生で必要なものを手に入れることについて
熱く語り合う人たち。
ぼくは彼らのような生き方はしないだろう。
ぼくは、シャツが首を絞めつけているのを悲しんでいて、
呪われていて、
霧の中で口をパクパクさせている。

［日記］

大学を出たカフカは、まだ働き始める前から、働くことをあれこれ想像して、すでにくたくたに疲れていました。実際に働くなんてできそうにありませんでした。

さんざんぐずって、ようやく始めた就職活動は、まるでうまくいきません。カフカは働きたがりませんでしたが、企業のほうでもカフカを雇いたがりませんでした。いやいや法律を勉強したカフカの成績は決してかんばしいものではなかったからです。

さすがのカフカもあせります。伯父のコネでようやく入れたのは、民間の「一般保険会社」の臨時雇い。追い詰められていたカフカはそれでも大いに感激したようです。

ところが、この「一般保険会社」の勤めは苛酷なものでした。週六日、勤務時間は一日一〇時間、さらに残業と日曜出勤。残業と日曜出勤は無報酬です。社員は怒鳴りつけられ、反抗は許されず、軍隊式でした。

「ぼくは獣のように追い回され、でも獣じゃないんだから、どんなに疲れたことか」
(恋人への手紙)

当時、転職はよくないこととされていました。忍耐力や忠誠心が欠けているとみなされたのです。なので、転職は難しかったのですが、一〇カ月後、友人の父親のおかげで、ようやく「労働者災害保険協会」に転職できます。

カフカもほっとしたはず。それでも喜んで働かないのだから、たいしたものです。

ゲーテ 31

世界を広げるための仕事

あなたの活躍の場は無限です。
あなたがどこまで自分の世界を広げ、
どんなに見事に充実させるか、
いつかそれを見ることができる日を、
わたしは今から楽しみにしていますよ。

［ネース・フォン・エーゼンベックへの手紙］

エーゼンベックは植物学者です。江戸時代に長崎に来たシーボルトの知人です。この言葉は、そのままゲーテ自身にもあてはまるでしょう。

イタリアに旅立つとき、ゲーテは書きかけのたくさんの原稿を持っていきました。そして、イタリアで久しぶりにじっくりと創作活動にひたります。

すべてを捨ててヴァイマルを飛び出したことは、仕事の圧迫を喜び、全力で努力することを讃えるゲーテの言葉に反するようですが、そうではありません。「本当に有能な者なら、今日の評価を得るためにのみあくせくすることは、明日や明後日のために何の利益ももたらさないということを、つねに心にとめておくだろう」(文学論)

努力すべきときは努力し、結果に期待する。辞めるべきときには辞めるのです。

ゲーテの晩年の言葉。「わたしの本当の幸福は、詩的瞑想と詩作にあった。だが、宰相という立場のせいで、どれほどかき乱され、制限され、妨害されたことだろう！公的な職務上の活動を控えて、もっと孤独に暮らせていたら、もっと幸福だったろうし、詩人としてははるかに多くの仕事をしていたことだろう」(ゲーテとの対話)

それでも、ゲーテはイタリアから約二年で戻り、仕事にも戻ります。以前よりはセーブしますが。公務を離れたのは、六〇代の半ばになってから。『ファウスト第二部』などには、政治家として仕事をしたことが、あきらかに生かされています。

カフカ

31

世界を閉じるための仕事

書くことは、一時的な仮の行いにすぎない。
首をつる前に遺書を書いている人にとって、
そうであるように。
——とはいえ、まったくのところ、
それは一生涯つづくかもしれないのだ。

［ブロートへの手紙］

カフカが役所の仕事を嫌がっていたのは、小説を書くことの邪魔になるからです。

しかし、パンのための仕事は、本当にたんなる邪魔でしかなかったのでしょうか？

カフカは大学を出て就職活動をする前、あれこれあがきます。弁護士になる気はないのに弁護士事務所の実習生になったり、官吏になる気はないのに地方裁判所で司法実習生になったり。本格的な就職を少しでも引き延ばそうとしたのです。

しかし、いつまでも引き延ばし続けることはできません。社会人として一歩を踏み出さなければならないときが近づいてきます。そんなときに書かれた『田舎の婚礼準備』という未完の小説に、「ベッドで寝ている間に虫になる」というイメージが初めて出てきます。五年後に書かれる『変身』で結実するイメージです。就職で苦しんでいる時期でなければ、このイメージは出てこなかったかもしれません。

また、カフカが、いやいや仕事に通うサラリーマンとしての毎日を送っていなかったら、虫になっても会社に行こうとする『変身』が書かれることはなかったでしょう。

そして、『訴訟（審判）』や『城』などの作品に出てくる、役人や役所のイメージ。これらも、役所に勤めていなかったら、作品中に出てくることはなかったでしょう。

ゲーテの場合と同じく、パンのための仕事も、ちゃんと作品に生きています。もっとも、カフカが仕事をしなかった場合、どんな作品を書いたかは、わかりませんが。

対話

8

人を動かす×人を怖れる

ゲーテ

32

いつでも訪ねてきていい

そんなにあらたまる必要はない。
もう知り合いになったのだから、
気が向いたときに、いつでも訪ねてくればいい。
そこに窓があるし、あそこに扉もある。

［ファウスト］

ファウストがメフィストフェレスに言っている言葉です。悪魔にさえオープンです。

こういう、人の訪問を歓迎するところは、ゲーテ自身の性格でもあります。

「わたしは人づきあいが好きだったし、今でもそうなのだ」（西東詩集）、「知っての通り、うちでは、旅行者が訪ねてこない日は一日としてない」（ゲーテとの対話）

ゲーテは社交を好み、晩年にも、世界中からゲーテに会いたくてやってくる人たちと、快く面会していました。ロシアやアメリカからもたくさんやってきています。

それらの人たちのうちの一部が、会ったときの思い出を書き残しており、『ゲーテ対話録』という本にまとめられています。対話の数はなんと約六〇〇〇！　日本語訳も出ていますが、分厚い五巻本です。こんなにも人と会ったのかと驚かされます。

ナポレオンや、ベートーヴェンや、グリム童話のグリム兄弟なども、ゲーテと会っています。『ゲーテ対話録』の中で、ヴァイマル公国の参事官のコンタがこう書いています。「ゲーテはとてもほがらかで、おどろくほど人づきあいがよかった。天気のいい日には、戸口の前に立って、そばを通っていく人たちと談笑した」

ゲーテは一八七センチの長身で、たくましく、美貌にも恵まれていました。大きな丸い褐色の目が特徴的で、晩年になっても輝いていたそうです。その日差しと、明るく快活な会話で、会う人をすべて魅了しました。

カフカ 32

人が訪ねてくるのが怖い

ひとりでいられれば、ぼくだって生きていけます。
でも、誰か訪ねてくると、
その人はぼくを殺すようなものです。

［ミレナへの手紙］

今日はお客があった。
とても感じのいい、興味深い人ではあったが、
不意打ちだ。
予告された訪問であっても、充分に不意打ちなのだ。
こうしたことに、ぼくは対応できない。

［ブロートへの手紙］

ノーベル賞作家で劇作家のハロルド・ピンターが書いています。「どれほど期待されたものであっても、訪問はいざとなると予想外でほとんど常に歓迎されぬものとなる」（喜志哲雄訳『ハロルド・ピンター全集1』新潮社）

カフカが言っているのも、怖れているのも、まさにこのことでしょう。

サナトリウムで出会って、カフカが手紙で励ましたりしていた少女がやってくるときも、「いらっしゃるときは不意打ちはしないでください。ぼくは不意打ちには耐えられません。いま壁をつたっていった小さなクモにも、びくっとします。いつどこでお目にかかれるか、前もって手紙でお知らせください」と懇願しています。知らせてきたとしても、やっぱり不意打ちになってしまうわけですが。

カフカは自分が他人の家に招かれることも怖れています。「もし彼が、今度は私のところへどうぞ、などと誘わずに、黙って帰ってくれるのなら、感謝感激して彼の足にキスしたいくらいです」「月曜日に彼のところに行かなければならず、おかげで頭がじんじんします」（ミレナへの手紙）

親友のブロートの家に行くのでさえ、断っていることがあります。「申し訳ないけど、今晩は君のところに行けない。頭痛がして、歯が欠けて、ひげそりの切れ味がよくない」カフカらしい断り文句です。

ゲーテ
33

人によって鍛(きた)えられる

性格の合わない人ともつきあったほうがいい。
うまくやっていくには自制心が必要だが、
そういうことを通して、
心の中のいろいろな面が刺激されて、
成長し発展していくのだ。
やがて、
どんな相手が目の前に現れても、
太刀打ちできるようになる。

[ゲーテとの対話]

「ワクチン友達」という考え方があります。弱い菌とあえて接することで、強い菌に対する抵抗力をつけるのがワクチンです。それと同じことで、困った友達とあえてつきあっておくことで、上司とか結婚相手の両親とか、避けがたい相手に強力なキャラが現れたときのための抵抗力をつけておくのです。

ゲーテはシュトラースブルク大学時代、哲学者で作家のヘルダーと出会い、強い影響を受けます。

ただ、ヘルダーはとても攻撃的で意地の悪いところがありました。ゲーテが好きな本を馬鹿にし、ゲーテの作品を酷評し、ゲーテのことも嘲笑しました。

「ヘルダーは生涯の最も美しい日々を、自分にも他人にもたえず苦々しい思いをさせてすごした」

とゲーテも自伝に書いています。

しかし、ゲーテはヘルダーとつきあい続け、後にヴァイマルにも招いて、教会のヴァイマル管区総監督の職を世話しています。

こうした人づきあいによってゲーテは、「今ではどんな人とでもつきあえるようになった」「多種多様な性格を知ることもできたし、人生に必要な能力を身につけることもできた」と言っています。

カフカ 33

人によって弱められる

ぼくが人と話すときに感じる、
他の人にはとても信じられないような困難。

[日記]

人々の視線、
彼らがそこにいるということ、
そこにすわってこちらを見ているということ、
そうしたすべてが、
ぼくには強烈すぎる。

[クロップシュトックへの手紙]

「人間ぎらいのせいではない」とカフカは書いています。でも、他人がそこにいるというだけでつらく、視線がつらく、会話をするとなると、もっとつらいのです。

当然、つきあいがよくありませんし、みんなと盛り上がったり、打ち解けてしゃべったりということがありません。それでも、カフカは周囲から嫌われていません。不思議なことですが、ひとつにはカフカの誠実な人柄のためでしょう。

作家のオスカー・バウムは、「カフカと初めて会ったときのことは忘れられない」と書いています。バウムが挨拶のおじぎをしたとき、カフカの髪がふっと額にふれたのです。カフカのほうもおじぎをしていたからです。バウムは感動しました。なぜなら、バウムは盲目だったからです。おじぎをしても見えないバウムに対して、黙っておじぎをした人は、他にはいなかったそうです。その後、二人の友情は生涯続きます。

また、カフカはとても聞き上手でした。カフカと同じ療養所に入っていた心気症の青年が、感激して人に語ったそうです。「あの人はちゃんと聞いてくれたんです。病気の生活がどんなものかを。ぼくの生涯で、あれほどちゃんと話を聞いてくれた人はいなかった。ぼくの苦しみをあれほど理解してくれた人は誰もいなかった」

その言葉でクロップシュトックはカフカを知り、後にカフカの最期を看取るまでの友人となります。

ゲーテ
34

人への興味

人間こそ、人間にとって最も興味のあるものです。

［ヴィルヘルム・マイスターの修業時代］

ゲーテは人の話を聞くのが好きでした。とくに食事中に会話がはずむのが好きでした。面白い話を聞くことができた楽しい食事の後には、こう言っていたそうです。

「今日、わたしたちはたっぷり生きた」

ゲーテ自身も、人に面白い話をするのが好きでした。その会話力は子供の頃からの天性のもの。「わたしにとって人と楽しく会話をするのは簡単なことで、とくに苦労も努力も必要なかった。この談話の才能によって、わたしは子供たちから好かれ、青年たちを感動させ、大人たちの注目をひくようになった」と自伝にも書いています。

一方、ゲーテの親友の詩人シラーは、人づきあいの点ではゲーテと真逆で、むしろカフカに近いです。ゲーテが書いているのですが、シラーは見知らぬ人の訪問を受けるのが嫌いで、何時に会うという約束をすると、その時間が近づくにつれて不安になり、病気になってしまうこともあったそうです。

なぜそんなに人と会うのを苦にするのか、ゲーテには理解できなかったでしょう。

それでも、シラーに対して、「そういうところを直したほうがいいよ」と忠告したり、「人づきあいはこうしたほうがいい」とアドバイスしたりはしていません。ただ見守っています。自分と正反対の相手とでもつきあえるほどに、ゲーテは人間に興味があり、好きだったようです。

カフカ

34

理解しがたい他人

絶望的な寒さ。
変わってしまった顔。
理解しがたい他人。
ぼくとちがって、他のみんなは、
なんて楽しそうにおしゃべりするんだろう！

［日記］

他人を理解できない、とカフカ自身は書いていますが、他人からすると、カフカはよき理解者であったようです。友人の哲学者フェーリクス・ヴェルチュが書いています。「カフカは人を見抜く鋭い眼を持っていた。誰に対しても、その人の長所を見いだすことができた。ただ、自分自身に対してだけは容赦なかった」

子供がこけて、起き上がる姿にさえ、驚嘆しています。

「なんて上手に倒れたんだろう！　またなんて上手に起き上がったんだろう！」

この言葉は恋人のドーラに強い印象を与えたようです。こんな人は他にいないと。

そんなカフカが、どうしても相手をほめられなかったことがあります。

ある日、カフカの友人の作家ヴェルフェルがやってきて、自分の最新刊の朗読をしたそうです。部屋から出てきて、帰っていくヴェルフェルは、涙を流していました。

驚いてドーラが部屋に入っていくと、カフカはすっかり打ちのめされて、椅子にくずおれて、こう何度もつぶやいていました。「こんなひどいことが起きるなんて！」

カフカも泣いていました。

カフカはどんなに頑張っても、ヴェルフェルの本のよいところを見つけることができなかったのです。日頃、どれほどカフカが人のよいところを見つけて、しかも本気でほめていたかが、よくわかります。

ゲーテ

35

友人の愛

空気と光と友人の愛！
これだけ残っていれば、
へこたれるな。

［自然の豊かな場所を訪れたときに、
外の木の机に鉛筆で書き記した言葉］

まさに空気と光と友人のみの状況で、ゲーテの本を心の支えとした人たちがいます。『ダッハウ収容所のゲーテ』（ニコ・ロスト著　未来社）という本があります。ダッハウ収容所とは、ドイツのダッハウという都市にあったナチスの強制収容所です。

著者はオランダ人で、抵抗運動に参加したために、ナチスに逮捕され、ダッハウ収容所に入れられました。彼は収容所の中で、できるだけ読書をしようとします。「そんなときに読書とは、なんてのん気な！」と思うかもしれませんが、そうではありません。そんなときだからこそなのです。

囚人仲間が次々と死んでいき、飢餓に苦しみ、伝染病が発生し、周囲に爆弾が落ちている中で、それでも彼とその仲間は読書を続けます。

囚人の持っている本は限られますが、自分が記憶している本もありますし、他の人が記憶している本もあります。彼らはそれを頭脳図書館と呼んでいます。

「赤十字の小包の代わりに――古典文学だ」とまで彼は言っています。「古典文学はわたしたちを助け、強くすることができる」

じつは私も、収容所ではありませんが、病院において、命の危険を感じている人たちにとって、文学がいかに重要なものであるかを、目の当たりにしました。

こうして本書を書いているのも、そうした体験があるからです。

カフカ

35

誰もいない

ぼくには誰もいません。
ここには誰もいないのです、
不安のほかには。
不安とぼくは互いにしがみついて、
夜通し転げ回っているのです。

［ミレナへの手紙］

カフカは人づきあいに消極的で、孤独な性格であったと言えるでしょう。

でも、マックス・ブロートという親友がいました。ブロートがカフカを社交の場に連れ出し、いろんな人を紹介しました。カフカに作家や哲学者の友達がいるのも、そのためです。

ブロートは学生時代から世間の注目を集めていた、当時の人気作家でした。明るい性格で、社交的で、たくさんの友達がいました。女性にもモテました。

無名のサラリーマンで、人づきあいが苦手で、女性とは手紙のやりとりしかしたがらないカフカとは、正反対のタイプとも言えます。それなのに、なぜ仲がよかったのか？　ブロートは四歳の頃の病気のせいで、身長が低く、背中も曲がっていました。ブロートはそういう障害がありながら、それでも明るく積極的だったのです。そして、やさしい人でした。

そんなブロートをカフカは尊敬していたのかもしれません。カフカは一八二センチの長身なので、二人が歩いていると、まるで凸凹コンビだったそうです。

ブロートのような親友がいながら、「誰もいない」というのは、ブロートがかわいそうな気がしますが、他人と共有できない不安を抱えて夜を過ごすとき、誰しもひとりきりの気がするものでしょう。

ゲーテ

36

孤独を愛する

孤独はいいものです。
落ち着いて自分らしく生きることができて、
やるべきことがはっきりしているなら。

［シュタイン夫人への手紙］

人と話をするのが大好きなゲーテですが、一方で孤独にも重きを置いています。「孤独な状態にあるときこそ、何かすぐれたものを生み出せるのだと、わたしは痛感した。あれほど多くの人から喝采を浴びたわたしの作品は、孤独の産物なのだ」（自伝詩と真実）

社交を好むことと、孤独を好むことは、矛盾しているとは言えないでしょう。人との時間を楽しみ、自分ひとりの時間も楽しむ。それこそバランスのとれた暮らし方と言えるでしょう。

ただ、普通なら、孤独は一方でつらくもあるはずです。ひとりはさびしいものですから。しかし、ゲーテの場合は、それがありません。

「だれひとり知る人のいない人混みをかき分けて行くときほど、しみじみ孤独を感じることはない」（イタリア紀行）

この言葉だけ読むと、「こんなにたくさんの人がいるのに、自分はひとりぼっちで、よけい孤独を感じる」という意味にとれそうです。いわゆる「群衆の孤独」です。

でも、じつはそうではないのです。これは大喜びしている言葉です。ヴァイマルを飛び出してイタリアにやってきたゲーテは、ここなら誰も自分を知る者はいないと、解放感にひたっているのです。

カフカ
36

孤独を愛し怖れる

孤独は、
ぼくの唯一の目標であり、
ぼくが最も心ひかれるものであり、
ぼくに可能性をもたらしてくれるものだ。
にもかかわらず、
これほど愛しているものを、ぼくは怖れている。

［ブロートへの手紙］

「孤独であればあるほど、ぼくにはますます好ましかった」（日記）
その一方で、「今日の午後、孤独からくる苦痛が、あまりにもひしひしと身にしみたので、こんなふうにして力が消費されているのだと気づいた」（日記）
ブロートも書いています。「二つの相反する傾向がカフカの内で戦っていた。孤独へのあこがれと、人々と共にありたいという気持ち」
なにしろ、自分が療養している田舎に友達を誘っておいて、いざ来るとなると、「以前、来てほしいと頼んだのと同じくらい、心から、今は来ないでほしいとお願いする」
（オスカー・バウムへの手紙）
どうしたらいいのという感じですが、カフカ自身が理想の生活を語っています。
「人気（ひとけ）のない住まいで暮らすのが、ぼくにはとても好ましい。かといって、まったく人気がないのもよくない。住んでいた人たちの思い出が詰まっていて、しかもこれからの生活のために準備されている、そんな住まいがいい。ただし、住人が実際に現れてはいけない」（ブロートへの手紙）
つまり、人の気配だけがあって、でも実際には人はいないのが、カフカの理想の暮らしなのです。「『人々と共にあること』と『孤独』との間の国境地帯。ぼくは孤独そのものよりも、むしろこの国境地帯に住みついていたのだ」（日記）

対話
9
恋を楽しむ×恋に苦しむ

ゲーテ

37

愛することの幸福

いままさに幸福を知った！
心をわしづかみにされたのだ、
女性の魅力的な姿に。

［情熱三部作　ウェルテルに］

ゲーテは恋多き人でした。一四歳のときのグレートヒェンへの初恋から、七四歳のときのウルリーケへのプロポーズまで、たくさんの女性たちと、たえず恋をしてきました。亡くなる数時間前にも、美女の夢を見て、うわごとを言っています。「美しい女……黒いまき毛……すばらしい色……見たまえ」

ゲーテにとって、生きることは、愛することでした。

「もはや愛しもせねば、迷いもせぬ者は、埋葬してもらうがいい」（詩　警句風に）

恋愛ですから、楽しいことばかりではありません。でもそれをゲーテは「頭が混乱し、胸が苦しい。こんないいことはない！」（詩　警句風に）と讃えています。

実際、ゲーテは恋で大いに心乱れる人でした。大学生のとき、自分が高熱を出して寝込んでいるのに、恋人のケートヒェンが芝居を観に行ったと聞いて、気になって劇場まで確認に行っています。彼女が別の男と楽しそうに話しているのを見て、家に帰って泣こうとしますが、具合が悪くなりすぎて、泣くこともできません。「歯がガチガチ鳴るときは、泣けないものだよ」（友人への手紙）

死を考えるほどの失恋もしています。しかし、ゲーテはつねにそこから力を得ています。「もし愛が人に力を与えるとしたら、それを見事に証明しているのがわたしだ」（情熱三部作　悲歌）

カフカ

37

どんな恋人にも耐えられない

ぼくはどんな恋人にも耐えられない。
愛についてほとんど理解できないので、
うわっつらをなぞるだけで満足しなければならない。
それでも、泣き言は許されないのだ。

［日記］

「ぼくは今、ゲーテが死ぬ日の一〇時頃、熱に浮かされて言った言葉を読んだところですが、それを忘れることができません」（フェリーツェへの手紙）

これは本書の187ページの「美しい女……黒いまき毛……すばらしい色……見たまえ」のことです。カフカには、よほど驚きであったようです。

ゲーテは、愛さない者は埋葬してもらえと言っていますが、カフカはまさに自分で埋葬してしまっています。「ぼくは彼女を愛している。ぼくにそうする能力がある限り。しかし愛は、不安と自責の念の下に、窒息せんばかりに埋まっている」（日記）

カフカも、愛したいと思っていますし、愛されたいと思っています。「抱きとって下さい、ぼくを。あなたの腕に。この愚かさと苦痛のつづれ織りを」（日記）

でも、愛することができないし、愛されることもできないと思っています。

たしかに、「愚かさと苦痛のつづれ織り」では、なかなか受け取ってくれる人はいなさそうですが、それでもカフカを愛した女性が何人もいます。「カフカは生涯を通じて、女性たちの心をひきつける存在だった。——彼自身は自分のそうした影響力を信じなかったが」とブロートも書いています。

カフカ自身は、「ぼくを少しでも好いていてくれるとしたら、それは憐れみだ」と言っていますが。

ゲーテ

38

愛されて自信がつく

あの人がわたしを愛している！
——そのときから、
わたしは自分自身に、
どれほど価値を感じられるようになったことか。

［若きウェルテルの悩み］

「『若きウェルテルの悩み』が自分のために書かれたと思えるような時期を、生涯に一度も持てない人があるとしたら、それは気の毒なことだ」（ゲーテとの対話）

青年ウェルテルは、シャルロッテという女性を心から愛し、シャルロッテもまたウェルテルを愛するように。

でも、彼女にはすでに婚約者がいて、恋をかなえることのできないウェルテルは自ら死を選ぶ。

『若きウェルテルの悩み』は、そんな情熱的な物語です。

ゲーテ自身が、シャルロッテという女性に恋をし、でも彼女には立派な婚約者がいて、失恋して自殺を考えたという、ほとんどそのままの実体験に基づいています。

「神が聖者のためにとっておいたような幸福な日々を、わたしは送っている。この先、自分の身に何が起きようと、人生の喜びを、最も純粋な喜びを味わったのだと言っていい」（若きウェルテルの悩み）

大変な恋の喜びです。ゲーテはもともと「自分はOK」な人ですが、シャルロッテから愛されることで、さらに自分に価値を感じることができるようになったのでしょう。

カフカ

38

愛されても虫

なんと言っても、
あなたもやはりひとりの若い娘なのですから、
望んでいるのは、
ひとりの男であって、
足もとの一匹の弱い虫ではないはずです。

［フェリーツェへの手紙］

さすがに『変身』の作者で、自分を虫あつかいしています。しかも、弱い虫です。カフカは女性から愛されても、それで自分の価値を上げるということはありません。でも、恋人が作家あつかいしてくれないと、どんどん書けなくなってしまいます。カフカはブロートの家で、フェリーツェという女性と出会い、たちまち好きになります。当時まだ珍しいキャリアウーマンで、顔つきも体つきもたくましい人でした。フェリーツェに最初の手紙を出した二日後の夜から朝にかけて、カフカは『判決』という短編を一気に書き上げます。これはカフカが作風を確立した記念すべき作品です。カフカはこの作品をフェリーツェに献げます。さらにその後も『変身』の創作過程を小まめに手紙で知らせます。

でも、作品を送っても、フェリーツェからはこれといった感想がありません。彼女が好きだという作家は、カフカにはまったく評価できない人たちばかりです。はたして彼女にとってカフカは作家であったかどうか。「石も同情せずにはいられないだろう」と作家のカネッティは書いています。

役所の同僚から「今はどんなものを書いているんですか?」と聞かれたカフカは、唇をきゅっと結んで答えています。

「その人のために何かを書ける、そんな人は、ぼくにはもういなくなったようです」

ゲーテ

39

肉体の愛

なんという幸せ!
心を許した口づけをかわし、
おだやかな気持ちで、お互いの息と命を吸っては吹き込む。
こうしてわたしたちは長い夜を楽しみ、
胸と胸をおしつけあいながら、
激しい風や雨の音に耳を傾ける。
ローマの人々よ、この幸福をわたしに許せ。
そして神よ、すべての人々にこの世のあらゆる宝を与えたまえ!

[詩 ローマ悲歌]

いいものを書くには孤独が大切と言っているゲーテですが、一方で、こんな詩の書き方もしています。「彼女の腕に抱かれて詩を作ったこともしばしば。彼女の背中をそっと指先でたたきながら韻律を数えたり。愛らしいまどろみのなかで彼女が息をつくと、その息は私の胸の奥まで燃えたたせた」（ローマ悲歌）

ヴァイマルを飛び出してイタリアに行ったゲーテは、解き放たれた気分の中で、ファウスティーネというイタリア人の女性と愛欲の日々を送ります。彼女と別れてヴァイマルに戻るときには、二週間も毎日、子供のように泣いていたそうです。

でも、ゲーテの恋愛はつねに肉欲的なわけではありません。プラトニックな恋愛もしています。それも二六歳から一〇年間以上も。

初めてヴァイマルにきた数日後に、シャルロッテ・フォン・シュタイン夫人と出会います。ゲーテより七歳も年上で、夫があり、七人も子供を産んでいました。しかも、病気がちでした。肉体の愛を求める相手とは言えません。しかし、彼女は繊細で、感受性が豊かで、洗練されていて、優雅で、包容力があり、白い服がよく似合いました。

ゲーテは彼女に夢中になって、足繁く通いました。「前世では自分の妻か妹であった」とまで言っています。彼女の夫も、二人を信用して、邪魔立てはしませんでした。

ゲーテは精神の愛も肉体の愛も、どちらも自由自在で、同じように楽しんでいます。

カフカ
39

手紙の愛

愛する女性とつきあうことの甘美さを、
ぼくは手紙の中でのほかには感じたことがなかった。

［日記］

当時、ぼくを先に進めなくしたのは、
手紙の中の彼女が、現実の彼女として現れることへの
ほとんど恐怖に近い気持ちだった。
フェリーツェが婚約のキスのためにぼくに向かって来たとき、
ぼくの身体を戦慄が走った。

［ブロートへの手紙］

カフカの恋は、手紙の恋です。実際に会うことは、とても嫌がります。恋人が会いたがっても、何かと理由をつけて断ろうとします。何年もつきあったのに、数回しか会っていないというのが、カフカの場合は普通です。まさに肉体のない恋愛です。手紙という二次元でなければダメで、三次元は受けつけないのです。

そしてカフカの手紙好きは尋常ではありません。「この手紙好きは、気ちがいじみてはいないでしょうか」と自分でも書いているほど。一日一通はあたりまえで、たいていは二通も三通も書き、その他に電報も打ったりします。「君も知っての通り、一通の手紙を書くと、これはもう群れを先導する羊のようなもので、すぐに二〇頭もの手紙の羊が後に続くんだからね」

自分が書くだけでなく、恋人にも同じくらい返信を求めます。「一行でも、一言でも」いいと言いながら、「途方もなく長い手紙」であるほど喜びます。

ときにはカフカも「ぼくへの手紙を毎日書くのはやめるよう忠告しました」と恋人を気遣うのですが、すぐに「どうか、ぼくの忠告に従わないで下さい。そして、どうか毎日書いてください」ということになります。「最愛の人よ、そんなにぼくを苦しめないで！　あなたは今日も手紙なしで、ぼくを放っておきました」「それがどんなにぼくの生活に必要か、あなたにはわからないのです」

ゲーテ

40

失恋から立ち直る

古い情熱がまだすっかり消えてしまわないうちに、
新しい情熱が胸の内にわき出してくるのは、
じつにいいものだ。
それは、
太陽が沈むときに、反対側から月が昇り、東西の空が二重に輝く、
そんな光景をながめる喜びにも似ている。

［自伝　詩と真実］

なんだかすごく雄大で素敵なことを言っている感じですが、これはじつは「ある女性に失恋して、まだ未練があるけど、もう次の女性を好きになった」ということです。

大学を出た後、ヴェッツラーの高等法務院に研修に行かされていたとき、ゲーテはシャルロッテ・ブッフ（愛称ロッテ）に恋をします。ゲーテは二三歳、ロッテは一九歳。先にも書いたように『若きウェルテルの悩み』のもとになった情熱的な恋愛です。

ロッテに失恋して、絶望の中で、故郷のフランクフルトに帰って行ったのですが、途中で女性人気作家ラ・ロッシュ夫人のサロンに寄ります。そこで、彼女の娘のマクセに会い、たちまち心ひかれます。そのときのことを言っているのが、この言葉です。ロッテが沈む太陽で、マクセが昇る月です。

ゲーテは失恋もたくさんしています。ロッテに失恋したときには自殺も考えています。でも、失恋からの立ち直りも早いほうです。なぜなら、このように、すぐにまた次の恋をするからです。恋の古傷にいちばん効くのは、新しい恋でしょう。

「わたしたちの情熱は、本当に不死鳥のようだ。燃え尽きても、その灰の中からまた新しい不死鳥が現れる」（親和力）

しかし、「わたしたち」と言われても、普通はなかなかこうはいきません。ゲーテの恋の情熱は並外れていると言えるでしょう。

カフカ
40
失恋で大泣き

彼女との最後の朝、
ぼくは泣いたよ。
子供の頃から今までに流した涙より、
もっとたくさんの涙が出たよ。

［オットラへの手紙］

カフカはフェリーツェと、二度婚約して二度婚約解消します。最終的には、カフカが結核になったことで、決定的な別れとなりました。

結婚をずっと迷って苦しんでいたカフカとしては、ほっとした面もあったはずです。しかし一方で、それはやはり失恋であり、運命の女性と思った相手との別れでした。

最後の話し合いをして、フェリーツェを駅で見送った後、カフカはブロートの事務所に行きます。そして、おいおい泣き出しました。「彼が泣くのを見たのは、このときだけだ。私はその光景を決して忘れないだろう」とブロートは書いています。事務所にはブロートの同僚もいたのですから、よほどこらえきれなかったようです。

妹のオットラへの手紙に書いているのも、このときのことでしょう。

ブロートによると、カフカはあまり人前で涙を見せなかったようですが、悲しいことがあると、映画館の暗闇の中でそっと涙を浮かべることはあったようです。

カフカと別れた後、フェリーツェは、裕福な銀行員と結婚して、二人の子供を産んでいます。しかしカフカからの手紙を捨てることはなく、ナチスから逃れてアメリカに亡命するときにも、五〇〇通もの手紙をすべて持って逃げています。当時まだカフカは無名ですから、作家の遺稿としての価値はありません。カフカとの交際はつらいものであったでしょうに、彼女には大切な思い出であったようです。

対話

10

結婚し子供をつくる × 生涯独身

ゲーテ

41

結婚こそが幸福

王様であろうと庶民であろうと、
幸せな家庭を持っている者が、
最も幸福な人間だ。

［戯曲　タウリス島のイフィゲーニエ］

「結婚生活はすべての文化の始まりであり、頂点である」（親和力）とまでゲーテは言っています。

でも、ゲーテは五七歳まで独身でした。もう少しで還暦です。

それには前にも書いたように理由があって、同棲相手のクリスティアーネの身分が低く、周囲から認められていなかったためです。子供ができても、それでもまだ正式な夫婦ではありませんでした。

ところが、周囲がどう言おうとかまうものか、わたしはこの女と結婚するのだ、とゲーテに決意させる事件が起きます。

一八〇六年、フランス軍がヴァイマルに攻めてきて、略奪が行われました。

ゲーテの友人の画家のクラウスはこのときに暴行を受け、命を落としています。

ゲーテも、自宅の二階の寝室にいるところに、酔ったフランス兵が乱入してきて、殺されそうになりました。

そのとき、クリスティアーネが身を挺（てい）し、勇気と機転で、ゲーテの命を救ったのです。

ゲーテはクリスティアーネと正式に結婚し、公式の場にも彼女をともなうようになります。

カフカ

41

その幸福には耐えられない

結婚の幸福は、
最もうまくいった場合でも、
おそらくぼくを絶望させるだろう。

［日記］

「ひとりの女性を愛し、不安にさまたげられることなく、あるいは少なくとも不安に耐えて、そのうえ、その女性を妻にすることは、ぼくにはとうていありえない幸福だから、ぼくはそれを憎む」（ブロートへの手紙）、「独りでいれば、いつか本当に仕事を捨てられるかもしれない。結婚したら、それは決してありえないだろう」（日記）

「ぼくはなんとしても独身でいたい。新婚旅行を想像しただけでも、ぞっとする。新婚旅行のカップルはすべて、ぼくに関係があろうがなかろうが、目にするのも不快だ。吐き気を催そうと思ったら、自分が女性の腰に手を回しているところを想像するだけで充分だ」（ブロートへの手紙）

一方で結婚を熱望します。「何よりも結婚を追い求めていた」「結婚のために真剣に闘っていた」（ミレナへの手紙）、「独身は罰しかもたらさない」（日記）、「いつまでも独身のままでいるのはつらいことのように思われる」「病気にでもなれば、ベッドの端から、誰もいない部屋を何週間もながめていることになる」（独身者の不幸）

「ぼくは個々の夫婦をうらやみはしない。夫婦というもの全体がうらやましいだけだ」（日記）、「職場にいる若い夫や老いた夫。彼らの幸福は、ぼくには手が届かないものだ。たとえ届いたとしても、ぼくには耐えられない。だが、それこそが、ぼくを満たしてくれる唯一のものなのだ」（日記）

ゲーテ

42

三人組になる喜び

人として幸せであるために、
愛は、純粋な二人を結びつける。
神々しい幸福のために、
愛は、貴い三人組をつくる。

「ファウスト」

「三人組」というのはもちろん、父と母と子のことです。

「子供を抱いている母親の姿ほど美しいものはないし、おおぜいの子供にとりまかれている母親の姿ほど貴いものはない」（ヴィルヘルム・マイスターの修業時代）

ゲーテとクリスティアーネの間には五人の子供が生まれました。ただ、無事に育つことができたのは、長男のアウグストだけでした。

ゲーテはアウグストをかわいがりました。アウグストも父を尊敬し、父の書くものは、デキがよくなくて破棄するものまで、欲しがりました。ゲーテも嬉しそうに人に語っています。「書きなぐっただけの詩はいつも焼き捨ててしまっていたが、いまでは息子の楽しみのために残してやっているんだよ」

前にも書いたように、アウグストはオティーリエという女性と結婚し、二人の男の子、一人の女の子が生まれます。ゲーテは三人の孫に恵まれるのです。

ゲーテの孫のかわいがり方は、まさに普通の甘いおじいさんと変わりありません。孫のほうも、ゲーテが大好きでした。孫はおじいさんのゲーテといっしょでなければ朝食を食べようとせず、ゲーテは孫を「かわいいカブト虫ちゃん」と呼び、孫はゲーテの膝にのぼったり、さらに肩までのぼったりします。ゲーテは孫につい食べさせすぎて、「胃を弱らせる」と孫の母親から怒られます。

カフカ 42

三人組になる絶望

二つの大きな安楽椅子と一つの小さな安楽椅子が机を囲んでいた。
ふとそれを目にしたとき、ぼくは思った。
こうした三つの安楽椅子に、自分と妻と子が座ることは、
決してありえないのだと。
そういう幸福を手に入れたいという思いがこみあげてきた。
だが、それは最初からあまりにも絶望的な願いだった。

［日記］

「ぼくは結婚と子供とを、ある意味では、地上で努力して手に入れるに値する最高のものと見なしています」（婚約者ユーリエの姉への手紙）

「自分の子供のゆりかごの側に、母親と向かい合ってすわっていることの、限りなく、深く、あたたかく、救われる幸福」（日記）

カフカもまた、妻と子供と三人組で生きる幸福を望んでいました。「子供をひとりも持てない不幸な人間は、自分の不幸の中に怖ろしい閉じ込められ方をしている。より幸運な星による助けや人生のやり直しの希望はどこにもない。不幸を背負ったまま自分の道を進むしかない。その輪が閉じたら、それで満足するしかないのだ」（日記）

しかし、カフカは結婚をためらうだけでなく、子供を持つことにも強いためらいを持っていました。いったいなぜなのか？

カフカは生涯、ずっと息子でした。子供の側でした。強大な父親に対して、弱い息子でいることで抵抗してきました。そんな子供が、簡単に父親になれるでしょうか。

「祖先、結婚、子孫を激しく求めながら、祖先も、妻も、子供もない。祖先、結婚、子孫、すべてがぼくに手をさしのべている。だが、ぼくには遠すぎる」（日記）

カフカは親から子へという代々の流れの中に入っていけません。はじきだされて、ひとりでいます。

ゲーテ

43

彼女なしでは生きられない

わたしは彼女なしではいられず、
彼女もわたしなしではいられなかった。

〔自伝　詩と真実〕

この「彼女」というのは、リリー・シューネマンという女性のことです。

ゲーテもまたカフカのように、婚約をして、婚約解消をしたことがあります。若いゲーテには、まだ結婚にためらいがあったのです。ヴァイマルに向かったのはその後です。恋人への思いを断ち切るためでもありました。

その相手が、このリリーです。クリスティアーネに出会うよりずっと前の、二五歳のときです。リリーは一六歳。シャルロッテとの失恋を題材とした『若きウェルテルの悩み』が出版されて、大評判になった後です。

リリーはゲーテの故郷のフランクフルトのお金持ちの銀行家の娘です。同じ街に生まれた良家の子息と良家の子女が出会って、婚約したのです。劇的とは言えません。

しかし、ゲーテにとっては特別な恋でした。「リリーの魅力的な姿がありありと思い出される。まるで彼女の息づかいが感じられるほど側にいるようだ。彼女こそ、わたしが心の底から本当に愛した初めての人だ。リリーに恋していた頃ほど、真の幸福に近づいたことは一度もないよ」（ゲーテとの対話）

これは八一歳のときの言葉です。よほどリリーを愛していたことがわかります。リリーの孫娘のフォン・チュルクハイムが訪ねてきたときも、喜んで会って、彼女の中にリリーの面影をさがしていいます。

カフカ

43

彼女といっしょでは生きられない

ぼくは、
彼女といっしょでは生きていけないし、
彼女なしでは生きていけない。

［ブロートへの手紙］

これとほとんど同じことをカフカは日記にも書いています（『絶望名人カフカの人生論』ではそちらを引用しました）。それほどカフカにとって切実な思いであったということです。フェリーツェと二度婚約して二度婚約解消したのもそのためです。その後、ユーリエという女性とも婚約して、また婚約解消しています。

それはなぜなのか？　レヴィンという心理学者が「回避＝回避の葛藤」ということを言っています。二つのイヤなことにはさまれて、一方から逃れようとすると、もう一方に近づくことになり、身動きがとれなくなるということです。

独身がイヤだからと、結婚しようとする。でも、いざ婚約して結婚が近づいてくると、結婚がイヤな気持ちが高まってきて、そこから逃れようとする。でも、婚約解消して、今度は独身が決定的になってくると、それはイヤなので、また結婚しようとする……そのくり返しです。両方ともイヤで、近づくほどイヤな気持ちが高まるのですから、両方の間を行ったり来たりするしかないのです。

私見ですが、この「回避＝回避の葛藤」こそ、カフカの本質のひとつではないでしょうか。恋愛だけでなく、すべてにおいて。人づきあいも孤独も嫌がるのも、作品の公表と焼却の間を揺れ動くのも。

「夜への怖れ、夜ではないことへの怖れ」（八つ折り判ノート）

対話 11

親を超える × 親に圧迫される

ゲーテ

44

親から美点を受け継いだ

父からは、体格と、
人生の真面目な生き方を受け継いだ。
お母さんからは、陽気な性格と、
物語を作る喜びを。
ひいおじいさんは、美人が好きで、
それがちょいちょいわたしにもあらわれる。
ひいおばあさんは、装飾品や黄金が好きで、
その血もわたしの身体を流れている。

［温和なクセーニエン］

ゲーテの父方の曽祖父は、蹄鉄工（ていてつこう）でした。身分が低く、貧しい暮らしでした。その息子の祖父は、若いときに故郷のテューリンゲンを飛び出して、婦人服の職人となりました。オシャレな仕事に就いたのです。パリで修業を積み、ドイツに戻って、フランクフルトで結婚しました。

相手の女性は、五階建ての立派な旅館を経営している未亡人でした。お金持ちと結婚したゲーテの祖父は、さらに葡萄酒の取り引きなどで成功し、巨万の富を築きます。孫のゲーテの代までずっと贅沢な暮らしができたのは、この祖父のおかげです。

ゲーテの父は、裕福に育ち、充分な教育を受け、大学まで出ます。卒業後は、当時としては贅沢なイタリア旅行を楽しみます。そして、フランクフルトに戻ってくると、給料はなくてもいいから、市の役人にしてくれと申し入れました。これが他の役人たちの反感をかい、拒絶されてしまいます。成金の傲慢（ごうまん）さと映ったのです。

怒ったゲーテの父は、皇帝から「枢密顧問官」の称号をお金で買います。しかし、肩書だけで、実際の仕事はありませんでした。けっきょく、ゲーテの父親は一生、働くことはありませんでした。

息子のゲーテは、さらに高度な教育を受け、三二歳のとき、貴族に列せられます。

ゲーテの父方の家系は、蹄鉄工↓金持ち↓貴族という、劇的な変化をとげるのです。

カフカ
44
親に破壊された

一方からは父が、
もう一方からは母が、
ぼくの意志をほとんど破壊してしまった。
それは逃れようもないことだった。

［日記］

カフカの祖父は、家畜屠殺業でした。食べるものにも不自由する、大変に貧しい暮らしでした。ユダヤ人であったため、差別されていて、職業も住む場所も制限されていたのです。結婚が許されるのも長男だけで、カフカの祖父は次男でした。

ところが、一八四八年の三月革命の影響で、ユダヤ人に市民権が与えられ、どこに住んでも、どんな仕事をしても、結婚をしてもいいことになりました。祖父はすぐに結婚し、カフカの父が生まれます。カフカの父は幼い頃から仕事の手伝いをさせられます。冬の雨の日でも、肉をのせた荷車を引いて、村々を回らなければなりませんでした。足にはその頃の霜焼けや傷の跡がずっと残っていました。

一四歳になったとき、カフカの父は故郷の村を飛び出します。そして行商人となるのですが、大いに商才がありました。裸一貫から、一代で財を成します。ゲーテの祖父ほどではありませんが、プラハという都市の一等地に、高級雑貨の店を開けるほどになります。おかげで、息子のカフカは金銭的に何不自由なく育つことができました。

カフカの父は義務教育しか受けておらず、ドイツ語をしゃべることはできても、書くことはできませんでした。それだけに、息子のカフカには充分な教育を受けさせ、大学まで出します。そして、カフカは役人になります。昔なら不可能な地位です。

家畜屠殺業→お金持ち→役人という劇的な変化は、ゲーテ家の歴史と似ています。

ゲーテ

45

父の期待に応える

父はわたしにも自分と同じ道を歩かせようとした。
それも、もっと楽に、もっと先まで。
父はこれまで、たいへんな勤勉、根気、反復によって、
さまざまなことを身につけてきたのだった。
父はしばしばわたしに言った。
もし自分におまえほどの素質があれば、
おまえとはまったくちがう生き方をするし、
おまえみたいにだらしなく才能を浪費したりはしない。

［自伝　詩と真実］

一生働かず、好きな絵画を集めたり、博物標本を集めたり、本を読んだりしていた、ゲーテの父。お金に不自由することは、まったくありませんでした。

うらやましいような人生ですが、ゲーテの父は、社会に出て活躍したいと願っていました。ですから、楽隠居のような暮らしは、まったく本意ではありませんでした。

「枢密顧問官」の称号があるので、上流階級とのつきあいも可能だったのですが、ゲーテの父は交際をせずに、屋敷にひきこもっていました。代々の貴族や名門の出の人たちは、ゲーテの父の身分がもともとは低く、成金であることをさげすんだからです。

そのことはゲーテも同情しています。「世の中の気に入らないことについて、父は激しい怒りをぶちまけた。父はあれほど研究や努力を重ね、旅行をして見聞を広め、多方面にわたる教養を身につけたにもかかわらず、けっきょく、世間を遠ざけるための壁に囲まれて、わたしなら願い下げの、孤独な生活を送っていた」（詩と真実）

ゲーテの父は、息子に夢を託します。自ら勉強を教え、自分で無理な教科は家庭教師を雇いました。自宅学習による徹底した英才教育です。六、七歳の頃にはすでに数カ国語をマスターしていました。幸いゲーテは優秀で、勉強は苦になりませんでした。

それでも、子供から大人になるにつれ、父親の期待が「おそろしい重荷となってわたしにのしかかってきた」（詩と真実）。

カフカ

45

父の苦労話に反撥(はんぱつ)する

父の苦労話を聞くのは不快だ。
今の若い者、とくに自分の子供たちの
恵まれた境遇について、たえずあてこすりながら、
自分が若い頃に辛抱しなければならなかった苦労について話す。
父はたしかにそういう苦労をしたし、
ぼくはたしかにそういう苦労をしなかったが、
だからといって、
ぼくのほうが父よりも幸福だったということにはならないのだ。
父はそのことを理解しようとはしない。

［日記］

カフカの祖父は、とても力が強く頑丈な大男で、穀物袋を口でくわえて持ち上げることができたそうです。カフカの父も、大柄でたくましい、ヒゲの似合う男性でした。一方、カフカは、子供のような顔をして、棒のように痩(や)せています。健康で若い二四歳のときでも、身長一八二センチで体重六一キロ。危険なほどの「低体重」で、標準体重になるにはあと一二キロ近く太らないといけません。

カフカの祖父は家畜屠殺業でしたが、カフカは菜食主義です。医者の勧めで肉食をしていたときがあったのですが、それをやめたとき、水族館に出かけて、「さあ、これでまた君たちの目を安心して見られるよ」と嬉しそうに魚たちに話しかけています。

カフカの父は、お金儲けがうまく、逆境でも生き抜く生活力がありました。でも、カフカはお金に無関心で、ミレナの言うように「生きる能力がない」のです。

たった三代で、よくもここまで変わったものです。

カフカが「パンの仕事」を嫌がることを、カフカの父はきっと苦々しく思ったでしょう。貧しさを知らないから、そんな贅沢なことが言えるのだと。カフカが結婚を嫌がることも、許しがたかったかもしれません。祖父の代には結婚を禁止されるという苦しみを抱えていたのですから。総じて、甘ったれていると思えたことでしょう。だから、昔はいかに大変だったか、今のカフカがいかに恵まれているかを語ってしまう。

ゲーテ

46

父を大目に見る

自分のなしえなかったことを、
息子になしとげてほしい。
父親なら誰でも抱く、はかない願いだ。
それは、
もう一度、人生を生き直して、
最初の人生の経験を、
今度こそ本当に役立てようとするようなものだ。

［自伝 詩と真実］

ゲーテの父親は、息子をフランクフルト市の要職に就かせたいと願っていました。自分が望んでも得られなかった地位です。そのために、息子には法律を勉強させるつもりでした。しかしゲーテは、文学の方面に進みたいと思っていました。

そのことはゲーテの父も知っていました。しかし、考えを変えようとはしませんでした。ゲーテは自分が行きたかった大学には行かせてもらえず、学びたくない法律を学ぶために、ライプツィヒ大学に行かされます。ゲーテは後に『タッソー』という戯曲を書きますが、このタッソーという実在の人物は、詩人としての才能がありながら、父親によって無理やりに法律を学ばされます。そのことにゲーテは共感したようです。

「父の頑固さが、わたしの不信の念を強めた」「くり返し説いて聞かせる父の話に、何時間も耳を傾けている気にはまったくなれなかった」「こうしてわたしは、生まれ育った大切な町を、冷ややかな気持ちで後にした。もう二度と足を踏み入れたくないとでもいうように」（詩と真実）

ゲーテの父の執念は大変なものでした。ゲーテの教育のために全財産の十三分の一も使っています。ライプツィヒ大学生のときの仕送りは、月に百グルデン。フランクフルト市長の月給が百五十グルデンで、司書官は四十二グルデンだったのですから、とんでもない金額です。しかし、ゲーテは思いがけないかたちで故郷に戻ってきます。

カフカ

46

父を許さない

父親は（母親の場合も同じだ）、
子供のなかに、自分が克服できなかった欠点を見いだす。
いまこそ彼はそれが克服できるのだと思う。
自分よりも子供のほうがなんとかなりやすいと思うからだ。
そこで、自然に育つのを見守ることなく、むやみに干渉する。
あるいは彼は、
自分にある長所が、子供に欠けていることに気づいて愕然とする。
そこで早速、子供にそれをたたき込もうとする。
それはたとえうまくいったとしても、失敗に終わる。
そんなことをすれば子供をたたきつぶしてしまうからだ。

［妹のエリ・ヘルマンへの手紙］

カフカはこの手紙で、さらにこう分析しています。「あるいは父親は、子供の中に見出す。妻のものとしては愛しているけれども、子供のものとしては許せないものを」

たとえば、妻が繊細で傷つきやすいのは守ってあげたいと愛情をかきたてられても、息子までもが繊細で傷つきすいと、イラッときて、鍛(きた)えあげたいと思ったり。

「あるいは父親は、子供の中に見出す。自分の中にもあってとても気に入っているものや、自分がこうあるべきと思っているものや、自分の家族にとってよいと思われるものを。そうすると、子供が持っているそれ以外のものはすべてどうでもよくなってしまう。父親は子供の中に、自分が愛するものだけしか見なくなってしまう」

これもとても鋭い指摘です。カフカの父も、カフカの文才はまったく無視でした。

「親のエゴイズムから生まれた、二つの教育法。つまり、暴君支配と奴隷根性。この暴君支配はとてもやさしげで、『私を信じなくては。だって私はおまえの母親なんだから』。この奴隷根性はとても誇らしげで、『おまえは私の息子だ。だから私はおまえを頼りにしているぞ』。けれども、これらは怖ろしい教育法であり、反教育法であり、子供を踏んづけて、もと来た大地に押し戻すのに適している」

カフカがいかに親を厳しい目で見て、その心の内を見抜こうとしていたかがよくわかります。「親はつねに自分自身と子供を混同している。すべての両親がそうだ」

ゲーテ

47

快活な母

母はどのような場合でも
快活さを失わなかったから、
計画したことや、願ったことを
かなえる方法が見つからないことは、
一度もなかった。

［自伝　詩と真実］

ゲーテの父は、四〇歳近くまで独身でした。当時としては大変な晩婚です。ついに結婚した相手は、二〇歳以上も年下の一七歳の少女。

代々フランクフルト市長を務めてきた法律家という名門の長女でした。そんな名門が、成金で無職の四〇近い男に、なぜ若い娘を嫁がせたのか。よくある話ですが、家柄はよくても、金銭的には困っていたようです。

生真面目で頑固で無口で、年齢以上に老け込んで、世をすね恨んでいた父に対して、母のほうは、明るく、快活で、社交的で、楽天的な人であったようです。一八歳で産んだゲーテを、とてもかわいがりました。夫よりも年齢が近く、気が合いました。

彼女は、おとぎ話を話して聞かせるのが、とてもうまかったそうです。父親の授業は厳格で退屈で、父親自身があくびをするほどだったので、母親のお話はいっそう楽しく、幼いゲーテは夢中になりました。「この続きはまた明日」と、わざといいところで話を中断すると、ゲーテは翌日までに必ず自分でも続きを考え出していたそうです。「陽気な性格と、物語を作る喜び」は、まさに母親の影響なのです。

母は、父との間にも立ってくれました。「几帳面で秩序を重んじる父と、なにかと常識外れのことをするわたしの間に立って、母はさまざまな問題をなんとかうまくおさめたり、取りなしたり、いつも忙しくしていなければならなかった」（詩と真実）

カフカ

47

嘆く母

「おまえはこうなるはずじゃなかったんだよ」
母の下手ななぐさめ。
最悪なのは、今のぼくには、
もっとうまいなぐさめなどありはしないということだ。
そのことでぼくは傷つき、
ずっと傷ついたままでいる。

[日記]

カフカは三六歳のときに「父への手紙」を書きます。本になるくらい長い手紙です。内容は、父親のせいでいかに自分がダメになったかという、じつに詳細な解説です。その中でカフカは「ぼくはレーヴィ家の人間なんです」と書いています。母親の旧姓です。ユダヤ人社会では名門でした。カフカの父は、良家の娘を妻にできたのです。レーヴィ一族からは、学者や宗教家など優れた人たちが出ていますが、一方で世の中を普通に生きられない変わり者もいて、カフカの曽祖母も自殺をしています。

では、カフカが闘っていたのは父だけで、母は味方だったのかというと、そうでもありません。カフカの母は、とてもやさしい人でした。暴君的な夫に逆らえるはずもなく、父は怒り、母は泣いて、けっきょくは同じことをカフカに求めるのです。

カフカの母は過保護なほどにカフカのことをいつも気遣って、世話を焼いていましたが、理解していたとは言えません。「あの子が暇な時間に書きものをしていることは、もうずっと以前から知っています。でも私は、それは暇つぶしと思っていました」

それでもカフカは、ゲーテのように家を出ることはありませんでした。ブロートは「決していいことではなかった」と書いています。父親にこだわらないほうがいいと忠告しても、カフカは決して聞き入れなかったそうです。闘う相手を失えば、かえって自分を保てないほど、深い葛藤だったのでしょう。

対話

12

病から健康へ × 健康から病へ

ゲーテ

48

病気になって落胆

故郷の町が近づくにつれて、
かつてわたしが、どんなに意気揚々と、
期待と希望を胸に抱いて
家を出たかが思い出されて、
いよいよ心が重くなった。
今わたしは、いわば難破して帰ってきたのだ。
そう考えると、まったく意気消沈してしまった。

［自伝　詩と真実］

たくましい身体を持ち、八二歳まで長生きしたゲーテですが、産まれたときは仮死状態で、ようやく息を吹き返しました。その後も、人生で何度も大病をしています。なかでも、大学三年の一九歳のときの大病は、あやうく若くして命を落とすところでした。父親の意向で、法律を学ぶために、いやいやライプツィヒ大学に行ったゲーテは、厳しい親から解放されてひとり暮らしの自由を手に入れた若者がやるようなことをすべてやりました。恋に、失恋、酒場で連日の大騒ぎ。体力があるだけに、無理をしすぎました。ある晩、激しく喀血（かっけつ）します。病名は確定されていませんが、結核だったとも言われています。そうだとすると、カフカと同じ病気です。

ゲーテはフランクフルトの実家に戻って養生することに。故郷に錦ではなく、挫折して、無念さと死の不安を抱えて、戻ってくることになってしまったのです。

外科医と内科医が二人がかりで懸命に治療しましたが、病状は思わしくありませんでした。「わたしは激しい不安を感じ、生命の危険を怖れた」（詩と真実）

助かったのは奇跡でした。この経験はゲーテに多くのものをもたらしました。「生きる喜びは大きい」（西東詩集）という思い。病人への深い同情。医師への尊敬。科学への強い関心。健康を保つための節制（せっせい）と規則正しい生活。彼が生を謳歌（おうか）し、長生きすることができたのは、この若いときの大病のおかげでもあるでしょう。

カフカ

48

病気になって安堵

生涯の最良の時は、
喀血（かっけつ）の後、療養のために田舎の村で過ごした、
二年前のあの八カ月だったのではないだろうか。
いっさいから逃れられたと思っていた。
自由だった。
手紙も来ない。
フェリーツェとの五年にわたる手紙のやりとりも終わった。
病気に守られていた。

［ミレナへの手紙］

カフカはもともとは健康でした。「何をしても疲れることはなく、いくらでも歩くことができて、限界を感じたことがありませんでした」（ミレナへの手紙）

身体が弱っていったのは、ゲーテのように不摂生をしたからではありません。まったくその逆で、摂生をしすぎたからです。

菜食主義で、あまりに食を細くしたので、身体も痩せ細りました。「たとえば腕の筋肉は、ぼくにとってなんと縁遠い存在だろう」（日記）

健康のための自然療法で、冬でも窓を開け放して裸で体操し、ベッドはマットレスをどけて藁をしいて寝ていました。規則正しく夜中に起きて小説を書きました。

食べない、身体を冷やす、寝ない。これではどうしたって病気になります。健康を目指して、かえって健康を失っていきます。三四歳のとき、ついに喀血します。

病気はゲーテにとっては挫折でしたが、カフカにとっては救いでもありました。なぜなら、病気になったことによって、パンのための仕事は辞められるし、結婚問題で悩む必要もなくなったからです。カフカはブロートに、さまざまな問題をこの病気が解決してくれたと語ったそうです。「あたかも終了ラッパが吹き鳴らされたように、その後は、非常によくとは言えないまでも、かなりよく眠れるし、何より、以前はどうしようもなかった頭痛が、すっかりおさまった」（オットラへの手紙）

ゲーテ

49

幸せな夜

朝も昼も夕も頑張れば、
いい夜になる。

［詩　人生の喜び］

よく働き、よく遊び、よく食べ飲んで、よく眠る。ゲーテはそういう人でした。

「睡眠によって元気と活力を取り戻す」(ゲーテとの対話)

よく眠れるのは、悩みすぎないから。「このうえなく賢明な選択のはずが失敗するのを見たことがありますし、このうえなく愚かな選択のはずが成功するのを見たこともあります。あまり悩まないことです。右の道か左の道かを選んで、もしその結果が悪くても、それでも悩まないことです」(親和力)

そういうゲーテですから、病後は節制をするようになったと言っても、カフカのような極端なことはしていません。「身体の調子や精神状態についてあまり考えすぎると、たいてい自分が病気に思えてくるものだ」(格言と反省)

あまり気にしすぎないようにして、でも適度に節制する。難しいことですが、それができたからこそ、ゲーテは長生きできたのでしょう。

ダンスや乗馬や登山などの運動をし、自然の中によく出かけています。八二歳の誕生日が最後の誕生日でしたが、その前日にも登山をしています。大変な体力です。

三一歳のときに訪れた山小屋を再訪したのです。板壁に、若いゲーテが鉛筆で書き記した詩が残っていました。「待てしばし　やがておまえにも安らぎの時がくる」

それを読んで、ゲーテは涙を流したそうです。

カフカ
49

不眠の夜

ぼくの夜は二つあります。
目覚めている夜と、眠れない夜です。

［フェリーツェへの手紙］

不眠と頭痛は、カフカが生涯ずっと嘆いていたことです。「もっと多いのが不眠で、もっと多いのが頭痛で」（友達への手紙）。頭痛について、「ガラス板でも、割れる箇所はきっとこんなふうに感じるんだろう」とブロートに語っていたそうです。

不眠や頭痛の原因はあきらかで、あれこれ気に病むためです。精神的なことだけでなく、身体のことも。「カフカは健康に関することには非常に敏感だった。身体の調子がほんの少し変なだけで、気に病んだ。ふけが出るとか、便秘になるとか、足の指が一本完全に伸びきっていないというだけのことでも」とブロートが書いています。

もとは健康だったのに、「身体にも自信が持てませんでした。動くのもおそるおそるで、運動なんてとても。虚弱なままでした。自分にもできることがあると、奇蹟のように驚きました。たとえば胃が食べ物を消化することに。でも、それだけでもう消化がおかしくなるのです。そうやって心気症への道が開かれました」（父への手紙）。

まさにゲーテの言うように、自分の身体に注意を向けすぎてしまったようです。

健康法自体は、適切なものもあります。職場の同僚たちが、昼食でパンにバターをたっぷり塗っていると、「よくそんなに脂肪を飲み込めますね。いちばん身体にいいのはレモンですよ」などと言っていたそうです。お酒は飲まず、「木いちごの果汁は、最初の一滴から最後の一滴まで、これこそ喜びだ」。

ゲーテ

50

病気を責める父

父の家から出ることにあこがれた。
父との間がうまくいかなかった。
わたしの病気が再発したときや、なかなかよくならなかったとき、
父は短気を起こした。
やさしくいたわってくれるどころか、残酷な言葉をあびせかけた。
わたしにはどうしようもないことなのに、
まるで意志の力でどうにでもなるかのように言った。
そのことを思うと、どうしても父を許すことができなかった。

［自伝　詩と真実］

ゲーテが病気になって、帰郷のためライプツィヒを後にしたのは、一九歳の誕生日の当日でした。

母と妹はゲーテをいたわりました。ゲーテが戻ってきたことを心から喜び、病状を心配しました。でも、父はちがいました。息子の病気は、父の挫折でした。立派な学士になって戻ってきてくれると思ったのに、病気で中途退学。期待が大きかった分、落胆もまた大きかったのです。

ゲーテの療養は一年半にも及びました。最初はそれでも態度に出さないように気を遣っていた父も、だんだんと息子への失望を隠しきれなくなっていきました。だらしない息子にいら立ち、ときには怒りをあらわにしてしまいます。そのことが、ゲーテにはとても苦痛でした。

病気のときに、どういう仕打ちをされたか、これはいつまでも心に残るものです。気持ちがたるんでいるから病気になる、気の持ちようで病気は治る、これもまた健康な人がつい口にしてしまいがちな極論で、これを言われると、病人はつらいし、許せない気持ちになるものです。

長患い(ながわずら)の病人に対して、失望し、いら立ち、怒り、気の持ちようだと言う。最もやってはいけないことを、ゲーテの父はやり続けてしまいます。

カフカ

50

病気を気遣う父

お母さんが重い病気にかかったとき、
お父さん、あなたは身を震わせて泣きながら、
本箱にしがみついていましたね。
この前、ぼくが病気をしたときも、
寝ている部屋にそっとやってきて、
ドアのところから、ベッドの中のぼくを見ようと首を伸ばし、
ぼくを気遣って、ちょっと手を振って挨拶しましたね。
そんなとき、ぼくは身を横たえて、幸福のあまり泣きました。
今もこれを書きながら、思い出して泣いています。

［父への手紙］

カフカ以外の人の証言では、カフカの父親は決して悪い人ではありません。避難民の子供たちのために寄付をするような、やさしい面もあります。

カフカが病気をしたときも、カフカの父親は、ゲーテの父親のように責めることはなく、心から心配しています。

カフカの病状が重くなってきた頃は、第一次世界大戦後のインフレで、カフカ家の経済状態も悪くなっていました。でも、カフカの両親は、カフカの治療のためのお金を惜しみませんでした。そのため、多額の借金ができてしまいます。

カフカの父は、貧しくて苦しい子供時代を耐え抜き、せっかく頑張って一代で財を成したのに、息子に先立たれ、借金だけが残ったのです。

ブロートが苦労の末、カフカの遺稿を出版し、その印税をカフカの両親に渡して助けました。ブロート自身は無報酬でした。

サナトリウムから両親に宛てた最後の手紙の中で、カフカは父親に語りかけています。二人でプールに通いましたねと。カフカが自分の裸の貧弱さ、父の巨大さを思い知らされた出来事としてよく語っていたものです。ところが、この手紙では、泳いだ後のビールがおいしかった思い出に変化しています。そして、よくなったら「ビールをたっぷり一杯」いっしょに飲もうと誘っています。翌日、カフカは亡くなります。

対話

13

ゲーテ ＝ カフカ

ゲーテ
51

ゲーテの絵

出典：Goethe, Johann Wolfgang von : Goethes Werke. Hamburger Ausgabe in 14 Bänden, Bd. 11, Autobiographische Schriften III, Italienische Reise. München 1994.

この章では、ゲーテとカフカの共通点について、少しご紹介してみたいと思います。

文豪のゲーテは、じつは画家になりたいと思っていたことがありました。

ゲーテは子供の頃から絵を描くのが好きだったと、ゲーテの母も言っています。

ゲーテは二〇代のはじめに悩みます。画家になるべきか、作家になるべきか？

美しい川辺を歩いていたときです。川の一部は柳の繁みで隠れています。ふいにゲーテはこんな考えにとらわれます。たまたま左手にナイフを持っていました。

「このナイフを川の中に放り込んで、もし水中に落ちていくのが見えたら、わたしは画家になれるだろう。でも、もし柳の繁みに隠れて見えなかったら、あきらめるんだ」

お気に入りのナイフでしたが、ゲーテは川に向かって思いきり投げました。

ナイフが川に落ちるところは、柳の枝の先に隠れて、見えませんでした。

こうして作家ゲーテが誕生したのです。そして、数年後に『若きウェルテルの悩み』が生まれます。

ただ、ゲーテは絵をやめてしまったわけではありません。趣味として、それもかなり本格的な趣味として、晩年までずっと描き続けます。その数は膨大なものです。

イタリアに行ったときにも、初めて見るさまざまな風景をご機嫌で絵に描いています。この絵もその中の一枚です。ローマのピンチョの丘からの眺めの素描です。

カフカ
51

カフカの絵

出典：Wagenbach, Klaus:Franz Kafka. Bilder aus seinem Leben. Berlin 1983.

「ぼくは文学以外の何ものでもありません。それ以外のものであることなんてできないし、あろうとも思いません」と言っているカフカも、じつは画家になりたいと思っていたことがあります。

カフカを慕って、カフカの職場や自宅をよく訪ねてきていた若い詩人のヤノーホは、あるとき、カフカが事務所の机で紙に何か描いているのを見つけます。

「絵ですか?」と尋ねると、カフカは笑って、「これは人に見せられるようなものではありません」と、丸めて屑籠に捨ててしまいました。

でも、そういうことが何度か続いて、ヤノーホは好奇心を抑えられなくなってきます。カフカが自分の小説以上に、絵を見せることを嫌がるので、なおさら見たくてたまらなくなったのです。その様子に気づいて、カフカは「これ以上、あなたに苦しい思いをさせては申し訳ありません」と、絵を見せてくれます。それが、まさにこれらの絵です。ヤノーホは「小さい奇妙なスケッチで、走ったり、フェンシングをしたり、床を這ったり、ひざまずいたりしている男たち」と書いています。

この絵を見て、ヤノーホはどう思ったか?「私は失望した」そうです。当時の感覚ではそうなのでしょう。現代なら、カフカは人気イラストレーターになれるのではないでしょうか。絵でも、カフカは時代よりも先に進みすぎていたようです。

ゲーテ

52

朗読で発表したい

わたしは自分の詩を、
朗読によって、
人々に伝えたい。

〔自伝　詩と真実〕

ゲーテは朗読が好きでした。「教養のある人間なら誰でも、戯曲でも詩でも小説でも、読んですぐにその特徴をつかみとり、上手に朗読できるよう、練習しておかなければならない」（ヴィルヘルム・マイスターの修業時代）

実際、とても上手だったようで、ゲーテの朗読を聴いた人は皆、賛嘆しています。「ゲーテの朗読を聴くのは、まったく他に比べるもののない楽しみだった。なにしろ、その詩の持つ本来の力と新鮮さが伝わってきて、私は大いに感動した。しかもそれだけでなく、朗読を聴くまではわからなかった、ゲーテのきわめて重要な一面が見えてきた。なんという声の変幻自在さ、なんという力強さだろう！　皺（しわ）の刻まれた大きな顔は、なんと表情豊かで、生き生きとしているのだろう！　それにあの眼は！」（ゲーテとの対話）

人を感動させるだけでなく、ゲーテ自身も自作を朗読しながら感動の涙を流すことがありました。

「私は感動をもって思い出す。梨の木のかたわらでのヘルマンと母の会話の歌を、完成してすぐに、ゲーテが私たちに朗読してくれたときの様子を。ゲーテは、激情にとらわれ、涙をあふれさせながら、語ってくれた」（カロリーネ・フォン・ヴォルツォーゲン『ゲーテ対話録』）

カフカ
52

朗読なら発表したい

愛する人よ、
ぼくは朗読することが、
おそろしく好きです。

［フェリーツェへの手紙］

自作の出版にはとてもためらうカフカですが、じつは朗読なら、かなり積極的に喜んでやっています。妹たちや友人たちや恋人に朗読するのが好きで、一般聴衆の前での朗読会にも何度も出ています。恋人のフェリーツェは口述録音機の営業をしていたので、録音が残っていたら面白かったのですが。

声は静かで、繊細で、美しいテナーだったそうです。朗読が好きなだけに、上手でした。上手すぎて、こんなことも。ある朗読会で、自作の『流刑地にて』という、処刑機械の出てくる短編を朗読したところ、三人も失神者が出てかつぎ出され、その後も逃げるようにして席を立つ人が続出。「語られた言葉がこれほどの影響力を持つのを初めて見た」と、その場にいたプルファーという作家が伝えています。

これは私見ですが、カフカの朗読好きは、彼の書くものにも影響を与えているのではないでしょうか。口承文学の様式をマックス・リュティという人が研究しています。たとえば口承文学では「正直なおじいさん」などと表現するだけで、生い立ちや容姿や服装の詳しい描写はありません。カフカの小説でも、主人公はただの「K」です。

また、通常の文章では、同じ言葉のくり返しはなるべく避けるほうがいいとされますが、口承文学では同じことは同じ言葉で語られます。カフカも必ず同じ言葉です。口承文学とカフカの共通性を探っていくのもまた面白いのではないかと思います。

ゲーテ

53

自殺しない

わたしは短剣をいつもベッドのそばに置き、
灯りを消す前に、
その鋭い切っ先を胸に突き刺せないものか、
試してみていた。
しかし、どうしてもできそうになかったので、
そんな自分を笑い、
憂鬱で愚かな行為はすべてやめにして、
生きる決心をした。

［自伝　詩と真実］

自殺の報道があると、それに影響されて自殺者が増える現象を「ウェルテル効果」と言います。この言葉のもとになっているのが、『若きウェルテルの悩み』です。

この本が出版されると、かなわぬ恋に苦しんで自殺する主人公のウェルテルにあこがれて、まねをして自殺する若者が急増しました。本に書いてあるウェルテルの服装と、同じ服装をして死ぬ者も少なくなかったので、影響はあきらかでした。そのため、あちこちで発禁になりました。読むのを禁止するところ、販売を禁止するところ、印刷さえ禁止するところ、読んだら罰金、売ったら罰金、大変な騒ぎです。

『若きウェルテルの悩み』はゲーテの実体験に基づいています。実際、失恋したゲーテは、短剣で胸を刺そうとしたときもあったのです。

でもゲーテは死にませんでした。ゲーテの小説を読んで自殺した人たちとは逆に、ゲーテはこの小説を書くことで、自殺せずにすんだのでした。「あらいざらい懺悔(ざんげ)した後のように、わたしはほっとして、解放された気がした。新しい人生に踏み出していけると感じた。現実を詩に変えたことによって、わたしは今や、気が楽になり、晴れ晴れした気持ちだった」(詩と真実)

老年になるとゲーテは、自殺どころか、むしろ精神の永続性を感じるようになっていきます。「われわれの精神は不滅だと確信している」(ゲーテとの対話)

カフカ

53

自殺しない

われわれの救いは死だ。だが、この死ではない。

［八つ折り判ノート］

病気にしろ事故にしろ、いざ死ぬとなると、日頃は死にたいと願っている人でも、こんなふうに感じるのではないでしょうか。

自殺にしても同じことです。「いちばん身近な逃げ道は、自殺ではなく、自殺を考えることだった。ぼくの場合、自殺を思いとどまらせたのは、とくに臆病さを持ち出すまでもなく、こんな考えだった。『何ひとつできないおまえが、自殺ならできるというのか？　よくまあそんなことが思えたものだ。自分を殺せるくらいなら、もうそんなことをする必要などありはしない』」（ブロートへの手紙）

自殺するだけの勇気や能力や実行力があるのなら、そもそも自殺する必要もないというわけです。

さらに、中国の本のこんなエピソードをカフカは手紙に書いています。

「死のことしか話さない師を笑って、弟子が言います。『あなたはたえず死のことばかり話しているくせに、いっこうに死なないではありませんか』。これに対して師は、『それでもわしは死ぬ。わしは今、最後の歌をうたっているところなのだ。ある人の歌は長いし、ある人の歌は短い。だがそのちがいも、二言三言にすぎない』。これは正しいし、瀕死の傷をうけて舞台に横たわり、アリアを歌っている英雄のことを笑うのは不当です。ぼくたちは何年も、横たわって歌っているのです」（ミレナへの手紙）

対話

14

ゲーテの絶望×カフカの希望

ゲーテ
54

絶望も必要

絶望することができない者は、
生きるに値しない。

[詩 格言風に]

「絶望とは愚か者の結論である」とディズレーリは言いました。ゲーテはそういうことは言いません。巻頭で引用したように「絶望するよりは、希望を持つほうがいい」という希望に満ちた人ですが、だからといって、絶望を否定したり、毛嫌いしたり、見下したりはしません。むしろ、こう言っています。

「快適な暮らしの中で想像力を失った人たちは、無限の苦悩というものを認めようとはしない。でも、ある、あるんだ！　どんな慰めも恥ずべきものでしかなく、絶望が義務であるような場合が」（親和力）

ゲーテ自身が、そういう絶望を何度も経験しています。その最初は、まだ六歳のときでした。一七五五年一一月一日、リスボンで大地震が起き、続けて津波が襲いました。「リスボン大震災」です。ポルトガルの美しい首都で大きな商業都市だったリスボンは廃墟となり、六万人が亡くなりました。この大惨事は、ヨーロッパ全体に衝撃を与えました。幼いゲーテも大きな衝撃を受けます。自伝にこう書いています。

「さっきまで平和に安らかに暮らしていた六万の人たちが、一瞬のうちに死んだ」

「賢明で慈悲深いものと教えられてきた神が、正しい者も、不正な者も、同じように破滅させた」

「そのことが幼い心に強い印象を与え、どうあがいても立ち直ることができなかった」

カフカ

54

希望もある

もしぼくが赤の他人で、
ぼくと、ぼくのこれまでの人生を観察したなら、
次のように言わざるをえないだろう。
すべては無駄に終わるしかなく、
迷い続けている間に使い果たされ、
創造的なのはただ自分を悩ませることにおいてのみだと。
しかし、当事者であるぼくは、希望を持っている。

[日記]

「絶望は非常な長所である」「絶望を選びたまえ」とキルケゴールは言いました。

でも、カフカはそんなふうに絶望を讃えたり、勧めたりすることはありません。絶望したいわけではなく、でも絶望するしかなく、だから苦しみ嘆いているのです。

普通なら、何かしら希望を見つけ出して、それにすがろうとするでしょう。でも、カフカの場合、ウソやごまかしが苦手なのです。「どこにぼくは救いを見出すのか？……ぼく自身の中に、明らかな嘘はひとつもない。円の内側は純粋だ」（日記）

そんなカフカですから、希望に満ちた言葉を日記や手紙や断片の中に探しても、なかなか見つかりません。川をさらって砂金を採ろうとするようなものです。

そんな貴重な言葉のうちのひとつが、これです。カフカがこんなことを言うなんて、驚かされます。まさに一粒の黄金で、背景が暗いだけに、これでも一等星並みの輝きです。一九一五年二月二五日、三一歳のときの日記です。

そして、三月一一日の日記にもこう書いています。

「ぼくはまるで材木で作られているようで、広間の真ん中に押し出された洋服掛けといったところ。それでも希望はある」

希望があるのは、初めて親元を出て部屋を借りたときだったからかもしれません。その自立の試みは喀血（かっけつ）で終わることになるのですが……。

ゲーテ
55

苦労ばかりの人生だった

わたしはいつもみんなから、
幸運に恵まれた人間だとほめそやされてきた。
わたしは愚痴などこぼしたくないし、
自分のこれまでの人生にけちをつけるつもりもない。
しかし、実際には、
それは苦労と仕事以外の何ものでもなかった。
七五年の生涯で、
本当に幸福だったときは、一カ月もなかったと言っていい。
石を上に押し上げようと、
くり返し永遠に転がしているようなものだった。

［ゲーテとの対話］

つねに陽のあたる場所にいたゲーテですが、「光の強いところでは、影も濃い」という自身の言葉通り、多くの喜びを経験する一方で、多くの悲しみも経験しています。ヴァイマルで政治家として苦労していたときには、日記に「鉄の忍耐、石の辛抱」と書いています。自分の作品が世の中に評価されないことを嘆いて、「ちりの中でうごめく虫の努力にすぎない」と自嘲したりもしています。

そして何より、ゲーテは大切な人をたくさん亡くしています。四人の弟妹を幼い頃に亡くし、残ったのは一歳下の妹のコルネーリアだけ。「心の底から信頼し合って、ものの考え方、感じ方、空想、あらゆる出来事の印象までも共有した」という、その最愛の妹も、二六歳の若さで亡くなってしまいます。

ゲーテが五五歳のとき、一〇歳年下の親友シラーが結核で亡くなります。「自分の半身を失った」とゲーテは嘆いています。その後、母が亡くなり、妻が亡くなり、かつての恋人のシュタイン夫人が亡くなり、ゲーテをヴァイマルに呼んだアウグスト公が亡くなります。そして、ゲーテが八一歳のとき、たったひとりの子供であるアウグストが、イタリア旅行の途中で急死します。まだ四〇歳でした。愛する息子を亡くしたゲーテは、大量の血を吐きます。

三人の孫は子供を残さなかったので、ゲーテの家系はそこで絶えてしまいました。

カフカ

55

まだ可能性がある

ぼくの中に可能性があるのだ。
ぼくのまだ知らない可能性が。
そこへの道を見つけ出せたらいいのだが！
突き進んで行けたらいいのだが！

［日記］

一九二二年二月二六日の日記です。三八歳。亡くなるまで、あと二年三カ月と少し。前年の秋か冬に「遺稿はすべて焼却してほしい」という遺書を親友のブロートに書いていています。その後にこのような、自分の可能性を信じる言葉を書いているのです。

直前に、シュピンデルミューレという保養地に療養に行っています。寒い高地で雪も積もっていました。そこで最後にして最長の長編『城』を書き始めます。療養から戻ってすぐの一九日の日記には「希望?」とただひと言。そして、二六日にこの言葉。翌日の日記には「苦悩が再び、ぴったりと身に寄り添う」とあるのですが……。

その『城』には、こんな言葉も出てきます。「新しい希望が生まれた。どうしたって不可能だし、まるっきり根拠がないが、もはや忘れられない希望だ」

『城』は最初のうち、順調に書き進められますが、だんだん行き詰まるようになり、この年の九月に中断され、そのまま未完に終わります。カフカはこの年の一一月二九日に、あらためて遺稿の焼却を依頼するブロート宛ての遺書を書きます。

しかし、ブロートは遺稿を守り、出版しました。そのためカフカの遺志を裏切ったと非難されました。なお、最後の恋人のドーラは、カフカの言う通りに原稿を焼却したため、これもまた非難されました。私たちはブロートのおかげで『城』を読むことができます。そして、『城』をカフカの最高傑作に推す人も少なくありません。

ゲーテ

56

涙も必要

涙とともにパンを食べたことのない者には、
人生の本当の味はわからない。

ベッドの上で泣きあかしたことのない者には、
人生の本当の安らぎはわからない。

［ヴィルヘルム・マイスターの修業時代］

暑さ寒さに苦しんだ者でなければ、
人間というものの値打ちはわからない。

［西東詩集］

「喜びには悩みが、悩みには喜びがなければならない」（ファウスト）
「人間は昼と同じく、夜を必要としないだろうか」（タッソー）
明るく陽気なゲーテが、人生には悲しみや苦しみや悩みや暗さも必要だと、何度もくり返し言っているのです。不思議です。そんなものはないほうがいいのでは？
山田太一がこんなことを書いています。「時代の気分はおおむね『生きるかなしみ』に背を向けている。そのような言葉は見たくもない。（中略）生きるかなしさぐらい承知しているが、暗いことにはなるべく目を向けたくない。いずれ悲しい目にも遭うだろう。そうなれば嫌でも体験することである。それまでは、楽天的でいたいのだ。いや、仮に悲しい目に遭ったとしても、なるべく早く忘れる方針だ。嘆いていていい事はなにもない。苦しい日々の中から、なんとか明るい芽を見つけ出し、気をとり直し、元気になるに越したことはない。要するに暗い話には取り得がない。（中略）このようにして人生の暗部を見まいとする人々も多いのではあるまいか？」
「目をそむければ暗いことは消えてなくなるだろうと願っている人を、楽天的とはいえない。本来の意味での楽天性とは、人間の暗部にも目が行き届き、その上で尚、肯定的に人生を生きることをいうのだろう」（山田太一『生きるかなしみ』ちくま文庫）
ゲーテはまさにそういう人物であったのではないでしょうか。

カフカ

56

喜びもある

離れないようにしっかり指を組んで握り合った二本の手のような、
苦悩と喜び、罪と無罪。
切り離すには、血肉や骨ごと断ち切らなければならない。

［日記］

これはどちらかといえば苦悩の言葉でしょう。でも、喜びから苦悩を切り離せないように、苦悩から喜びもまた切り離せないわけです。

一九一九年一二月八日の日記です。カフカは三六歳。この年の六月に恋人のユーリエと婚約をしますが、カフカの父が反対します。カフカは一一月に『父への手紙』を書きます。その後の日記です。

七年前の、まだ二九歳のとき、カフカは日記にゲーテのこんな詩を引用しています。

「すべてを神々は与える、限りなく。彼らの愛する者たちに、ことごとく。すべての喜びを、限りなく。すべての苦しみを、限りなく、ことごとく」（ゲーテが妹のコルネーリアを亡くしたときの詩）

その後でカフカは、ヴァイマルのゲーテ記念館を訪れて、強い感銘を受けています。カフカが日記をつけ始めたのは一九一〇年、二七歳のときですが、そのときは苦悩と喜びではなく、希望と墓石を結びつけています。

「ぼくはまるで石でできているようだ。自分の墓石のようなものだ。……ただ漠然とした希望があるだけだ。だがそれも、墓石に刻まれた碑文（ひぶん）以上のものではない」

ときに苦悩が、ときに喜びが――いえ、ほとんどは苦悩が、まれに喜びが、日記に記されています。

ゲーテ

57

それでも美しい人生

幸福な両の目よ、
おまえたちが見てきたものは、
何はともあれ、
やはり本当に美しかった。

[ファウスト]

「決してむなしい夢ではない。今はただの棒切れでも、いつかこの木は、実をつけ、木陰をつくるのだ」（詩　希望）と歌ったゲーテ。

そして、「人生の黄金の樹は緑に繁っている」（ファウスト）と歌ったゲーテ。

人生の最期のとき、自分の一生を振り返って、「何はともあれ、やはり本当に美しかった」と言えたら、それは素晴らしいことでしょう。

「どんな人生であっても、人生はいいものだ」（詩　花婿）とも言っています。

どちらも人生肯定の言葉ですが、「何はともあれ」「どんな人生であっても」というところに、含みがあります。そこには、さまざまな悲しみも詰まっています。

ゲーテを見て、「大きな悲しみを味わった人」という印象を持った人もいました。

そうした悲しみもひっくるめて、「人生はいいものだ」「本当に美しかった」と言えるゲーテだからこそ、その言葉には説得力があり、素直に励まされます。

七八歳のとき、こんなことを語っています。「わたしの生涯には、涙ながらに眠りにつくようなことがあった。だが、そんなときには、夢の中にこのうえなく愛らしい姿があらわれて、わたしをなぐさめ、喜ばせてくれた。翌朝、わたしは再び元気になって、喜びとともに起き上がったものだ」（ゲーテとの対話）

泣きながら寝ても、美女がなぐさめてくれる夢で元気になれるとは、さすがゲーテ。

カフカ

57

それでも救いに値する人間に

救いがもたらされることは決してないとしても、
ぼくはしかし、
いつでも救いに値する人間でありたい。

［日記］

最後の恋人のドーラが言っています。

「あの人はものすごく緊張した生き方をしていましたから、それこそ一生に何千回死んだかわかりません」

それでも、ほんのつかの間の、ほんのささやかなものではあっても、カフカの人生にもいくつかの喜びがあります。

本当の暗闇では、たった一本のロウソクの光がどれほどの救いになるかしれません。

「マックス（ブロート）のところで楽しい一夜。ぼくは自分の物語を朗読して、気も狂わんばかりでした。それから、ぼくらは愉快に過ごし、大いに笑いました」（フェリーツェへの手紙）

ドーラが手伝いをしていた難民の子供たちの施設を訪れ、

「建物が、森が、浜辺が、歌で満ちている。彼らの中にいると、ぼくは幸福ではなくても、幸福の門の前にいる」（友人への手紙）

カフカも、幸福の門の前まではたどりつけたようです。

文庫版あとがき

おかしな二人

なぜこういう本を編訳することになったのか、最後に少しだけ。

私事で恐縮ですが、二〇歳のとき、突然、難病になりました。

入院しているか自宅の部屋で寝ているかという生活が、十三年間、続きました。

そんなとき、いちばん心の支えとなったのがカフカの日記や手紙でした。

絶望的なことばかり書いてあるのですが、失恋したときには失恋ソングがいいように、絶望したときには絶望の言葉がとてもしっくりきました。

そういう体験から、私は前書『絶望名人カフカの人生論』という本を編訳しました。

その後、私はゲーテも読むようになっていきました。

きっかけは、カフカがゲーテを愛読していたからです。とても意外でした。カフカのような暗い人が、なぜゲーテのような明るい人を好むのか。

でも、だんだんその理由がわかってきました。ゲーテがとても魅力的な人だということがわかってきたのです。

気がつけば、そのときどきによって、カフカの言葉を支えにしたり、ゲーテの言葉を励みにしたりしていました。

二人そろうことで、それぞれのよさがいっそう引き立ち、面白さと魅力が倍増するように思いました。

二人の本があるといいなあと思いました。

明るい前向きなゲーテの言葉、暗くて後ろ向きなカフカの言葉。

私たちは日々、希望と絶望の間で揺れ動いているのですから、その両方の言葉を読むのが、いちばんいいのではないか、と私は自分の体験から思っています。

「最も幸福なときにも、最も苦悩しているときにも、わたしたちは芸術家を必要とする」

とゲーテも言っています。本当にそうだと思います。


明るい言葉の本は、すでにたくさんあります。

絶望の言葉は『絶望名人カフカの人生論』を編みました。

そして、今、希望と絶望が対話をしている、本書を編み上げました。

昔の私のような人たちの手元に、この本が届くことを願っております。

カフカは、名言がひとつずつ書いてある「日めくりカレンダー」がお気に入りだったそうです。

ゲーテもまた、名言が大好きで、「名言集は最高の宝である」とまで言っています。

それだけに、二人とも、名言の宝庫です。

ぜひ他の作品もお読みになってみてください。


最後に、文庫化を担当してくださった草思社の藤田博（ひろし）さん、橋渡しをしてくださった草思社の碇（いかり）高明さん、単行本の担当編集者であり、今回もご協力くださった品川亮（りょう）さん、訳文の校正をお願いした知人の岡上容士（おかのうえひろし）さんに、この場を借りてお礼を申し上げます。

そして今、この本を手にとってくださっている皆様、誠にありがとうございます！

いつかふと、この本の中の言葉のどれかが思い出されて、それがあなたにとって、ほんの少しでも救いになれば幸いです。

頭木弘樹

ゲーテ

▼Goethe, Johann Wolfgang von : Goethes Werke. Hamburger Ausgabe in 14 Bänden, mit Kommentar und Registern. Hg. von Erich Trunz, München 1982-2008.

ハンブルク版と呼ばれる全集です。ゲーテには全集がたくさんあります。コッタ版、ベルリン版、アルテミス版、フランクフルト版……どうやら八〇種類以上あるようです。しかも、ヴァイマル版は一三三巻一四三冊もあります。個人の全集としては最大かもしれません。しかも、これで完璧とも言えず、別の全集の注にしか載っていない言葉もあったりします。ハンブルク版は一四冊とコンパクトで、詳細な注が全作品にほどこされているという長所のある、代表的な全集です。今回は、ハンブルク版を中心に、必要に応じて他の版も参照しました。

▼Goethes Briefe und Briefe an Goethe. Hamburger Ausgabe in 6 Bänden. Hg. von Karl Robert Mandelkow, München 1988.

ゲーテの書簡集。ゲーテからの手紙が四巻、ゲーテへの手紙が二巻の全六巻です。ヴァイマル版の書簡集は五〇冊ありますから、ゲーテは手紙も膨大です。このハンブルク版はそのごく一部ということになりますが、詳細な注がついています。

▼『ゲーテ全集　新装普及版』全一五巻　編集委員＝登張正實・山下肇・岩崎英二郎・前田敬作　潮出版社

現在、新刊で入手可能な唯一の邦訳全集。ドイツの全集のいずれかを訳したものではなく、作品ごとにハンブルク版であったりアルテミス版であったり、さまざまな版が用いられています。

▼『ゲーテ全集』全一二巻　編集委員＝小牧健夫・大山定一・国松孝二・高橋義孝　人文書院

現在は古書でしか入手できません。やはり、さまざまな版から訳されています。

▼Eckermann, Johann Peter : Gespräche mit Goethe in den letzten Jahren seines Lebens. Leipzig 1836-1848.

ヨハン・ペーター・エッカーマン『ゲーテとの対話』全三巻　山下肇訳　岩波文庫

ヨハン・ペーター・エッカーマン『ゲーテとの対話　名言珠玉集』秋山英夫訳　現代教養文庫

ゲーテを尊敬して秘書になったエッカーマンが、ゲーテとの会話を記録したもの。名言の宝庫です。ゲーテの作品と同じくらい、あるいはそれ以上によく読まれているかもしれません。漫画家の水木しげるの愛読書としても有名です。現代教養文庫のほうは抄訳です。

▼Goethes Gespräche. Begründet von Woldemar Frhr. von Biedermann. Neu herausgegeben von Flodoard Frhr. von Biedermann, 5 Bänden, Leipzig 1909-1911.

ビーダーマン編『ゲーテ対話録』全五巻　大野俊一、菊池栄一、国松孝二、高橋義孝訳　白水社ゲーテのところには世界中からさまざまな人が訪ねてきました。それらの人々がゲーテと会ったときの思い出を語った文章が集めてあります。ゲーテの名言はもちろん、興味深いエピソードの宝庫です。邦訳は古書でしか入手できません。復刊が望まれます。

▼『ゲーテ格言集』高橋健二編訳　新潮文庫

ゲーテの格言集の代表的な存在。安価で、たくさんの言葉が入っていて、訳がいいという、三拍子そろっています。ただ、格言の解説はありません。

▼木原武一『ゲーテ一日一言』海竜社

▼木原武一『ゲーテに学ぶ幸福術』新潮選書

ゲーテの名言に解説が付いています。『ゲーテ一日一言』のほうは三六六もの名言が入っています。その代わり、解説は短め。『ゲーテに学ぶ幸福術』のほうは一つの名言につき、数ページの解説があります。

▼池内紀『ゲーテさん　こんばんは』集英社文庫

「ゲーテって誰?」という人は、まずはこの本から読むといいかもしれません。とっつきやすく、読みやすく、面白いです。著者はカフカの翻訳や紹介で有名ですが、ゲーテの『ファウスト』の翻訳もあります。

▼星野慎一『ゲーテ　人と思想』清水書院
ゲーテへの愛が伝わってくる、とても誠実で好感の持てる伝記本。内容も豊かです。

▼高橋健二『若いゲーテ　評伝』河出書房新社

▼高橋健二『ヴァイマルのゲーテ　評伝』河出書房新社

▼高橋健二『ゲーテをめぐる女性たち』主婦の友社
『ゲーテ格言集』の編訳者による、ゲーテの伝記本。詳しいですし、面白いです。三冊を続けて読むのがおすすめです。ただし、これも現在は古書のみで、復刊が望まれます。

▼アルベルト・ビルショフスキ『ゲーテ　その生涯と作品』高橋義孝、佐藤正樹訳　岩波書店
森鷗外も愛読したゲーテの代表的な伝記本の改訂版の全訳。一二〇〇ページ以上ある大著。一九九六年の初版時の値段が二万四〇〇〇円。現在は古書のみ。普及版での復刊が望まれます。

▼東京ゲーテ記念館　http://goethe.jp/
ゲーテ好きなら一度は訪れたい所。膨大なゲーテの文献が集められています。その規模は世界にも例がないほどだそうです。公共の施設ではなく、民間の実業家、粉川忠さんが個人で少しずつ集めたもの。その詳細は先の『ゲーテ　人と思想』（星野慎一）に書いてありますが、驚くべきものです。なお、資料の閲覧には予約が必要です。

カフカ

▶Kafka, Franz : Gesammelte Werke. Hg. von Max Brod, Frankfurt a. M. 1950ff.
ブロート版カフカ全集。カフカの親友のブロートが編集したもの。カフカの遺稿はほとんどが未完成な草稿です。そのままでは読みにくいので、なるべく読みやすくするという方針で編集されています。

▶Kafka, Franz : Schriften, Tagebücher, Briefe. Kritische Ausgabe. Hg. von Jürgen Born, Gerhard Neumann, Malcolm Pasley und Jost Schillemeit, Frankfurt a. M. 1982ff.
批判版カフカ全集。研究者のマルコム・パスリーらが編集したもの。できるだけ手を加えずに、カフカが書いた通りを提示する、という方針で編集されています。（「批判」というのは「新たに文献学的な校訂を加えた」という意味です）

▶Kafka, Franz : Historisch-kritische Ausgabe sämtlicher Hanschriften, Drucke und Typoskripte. Hg. von Roland Reuß, Peter Staengle, Michel Leiner und KD Wolff, Basel/Frankfurt a. M. 1995
史的批判版カフカ全集。カフカの草稿を写真に撮ってそのまま載せるという、写真版全集。まったく手を加えずに、オリジナルをそのまま見せるという究極の全集です。草稿の写真が入ったCD-ROMも付いています。（「史的」というのは「当時の表記のままで」という意味です）

▼『決定版カフカ全集』全12巻　川村二郎、円子修平、前田敬作、飛鷹節、千野栄一、中野孝次、谷口茂、辻瑆、吉田仙太郎、城山良彦、柏木素子訳　新潮社

ブロート版カフカ全集の邦訳。日記や手紙まですべて含まれる全集は、邦訳では、今でもこれだけです。そういう意味では今でも決定版で、大変貴重です。復刊が望まれます。

▼『カフカ小説全集』全6巻　池内紀訳　白水社

批判版カフカ全集の邦訳。個人訳。改訂再編された、白水uブックス『カフカ・コレクション』全八冊もあります。小説のみの全集で、日記や手紙は含まれません。

▼Kafka, Franz : Briefe an Milena. Erweiterte und neu geordnete Ausgabe. Hg. von Jürgen Born und Michael Müller, Frankfurt a. M. 1983.

フランツ・カフカ『ミレナへの手紙』池内紀訳　白水社　2013

ブロート版カフカ全集の『ミレナへの手紙』は、ミレナから手紙を託された、友人の編集者ヴィリー・ハースによる編集でした。こちらは、研究者による新編集版です。これまでは確定されていなかった、手紙の日付が新しく入っています。

▼Kafka, Franz : Briefe an die Eltern aus den Jahren 1922-1924. Hg. von Josef erm k und Martin Svato , Prag 1990.

ヨーゼフ・チェルマーク、マルチン・スヴァトス編『カフカ最後の手紙』三原弟平訳　白水社

一九八六年に新しく見つかった、カフカの生涯の最後の二年間の手紙です。

▼Brod, Max und Kafka, Franz : Eine Freundschaft. II. Briefwechsel. Hg. von Malcolm Pasley. Frankfurt a. M. 1989.
カフカとブロートが交わした手紙を集めた本。やりとりの様子がよくわかる、まさに友情の記録。カフカは恋人から来た手紙は破棄してしまっているので、恋人との手紙ではこういうものは出せません。そういう意味でも貴重。まだ邦訳が出ていません。ぜひ出てほしいものです。

▼Brod, Max : Franz Kafka. Eine Biographie. Frankfurt a. M. 1954.
マックス・ブロート『フランツ・カフカ』辻瑆、林部圭一、坂本明美訳　みすず書房
ブロートによる、カフカの評伝です。親友のブロートだからこそ知っているカフカのエピソードが満載で、貴重な本です。邦訳が長く絶版なのが惜しまれます。ぜひ復刊してほしい本です。

▼Janouch, Gustav : Gespr che mit Kafka. Aufzeichnungen und Erinnerungen. Frankfurt a. M. 1968.
グスタフ・ヤノーホ『カフカとの対話』吉田仙太郎訳　みすず書房
カフカに心酔していた青年が、後に書いたカフカとの思い出の記録。この本でカフカが好きになったという人が少なくありません。長く入手困難でしたが、二〇一二年に復刊されました。

▼Als Kafka mir entgegenkam ... . Erinnerungen an Franz Kafka, Hg. von Hans-Gerd Koch, Berlin 1995.
▼ハンス=ゲルト・コッホ編『回想のなかのカフカ　三十七人の証言』吉田仙太郎訳　平凡社
カフカの恋人や友人や知人たちがカフカのエピソードを語っている文章を集めたもの。とても

面白いですし、貴重です。邦訳が古書での入手のみとなっています。復刊が望まれます。

▼エルンスト・パーヴェル『フランツ・カフカの生涯』伊藤勉訳　世界書院
大変に分厚い、カフカの詳しい伝記です。この著者も、保険会社勤務のかたわら執筆をしていたそうです。本書でロサンゼルス・タイムズ賞を受賞。

▼谷口茂『フランツ・カフカの生涯』潮出版社
『決定版カフカ全集』の日記の巻の訳者によるカフカの伝記です。「日記と書簡類に蠱惑され（中略）日記や手紙を主にしてカフカの一生を辿ってみたい」という思いから生まれた本。復刊が望まれます。

▼池内紀『カフカの生涯』白水ｕブックス
▼池内紀『となりのカフカ』光文社新書
▼池内紀・若林恵『カフカ事典』三省堂
『カフカ小説全集』の訳者による、カフカの伝記です。いちばん詳しいのが『カフカの生涯』で、入門編が『となりのカフカ』、事典形式なのが『カフカ事典』です。著者にはこの他にもカフカ関連の著作が多数あります。

▼川島隆『カフカ「変身」　100分de名著』ＮＨＫ出版

NHKの番組のテキストで、最もコンパクトなカフカ入門書。著者は京都大学文学部准教授で、これからの活躍が期待される若手のドイツ文学研究者です。『変身』のことだけでなく、カフカ全般について書いてあり、最初の一冊としておすすめです。著者は『ポケットマスターピース01　カフカ』(集英社文庫)でも解説を執筆し、『訴訟』『火夫』『ジャッカルとアラブ人』『公文書選』『書簡選』の翻訳を担当しています。名訳です。公文書の邦訳はこれが唯一で貴重。

▼フランツ・カフカ『夢・アフォリズム・詩』吉田仙太郎編訳　平凡社
カフカの日記や手紙やノートの中から、夢のメモ、アフォリズム、詩が、編訳者によって精選されています。二〇一二年に復刊されました。

▼フランツ・カフカ『実存と人生』辻瑆編訳　白水社
カフカのアフォリズムと、ノートや断章や日記の中のアフォリズム的表現が、編訳者によって精選されています。

▼エリアス・カネッティ『もう一つの審判』小松太郎、竹内豊治訳　法政大学出版局
カフカに関する評論の最も優れたもののひとつだと思います。カネッティはノーベル文学賞もとっていますが、安部公房も絶賛していて、「世界で最初のカフカ論は、カネッティが書いたらしい。両方とも孤独な作家だ。まだ世間に知られていないカフカのことを、まだ世間に知られていないカネッティがせっせと書きつづっていたんだな」と語っています。

▼ヴァルター・ベンヤミン『ベンヤミン・コレクション〈2〉エッセイの思想』浅井健二郎、久保哲司、西村龍一、三宅晶子、内村博信訳　ちくま学芸文庫
「フランツ・カフカ」というエッセイと、「ゲーテ」というエッセイが入っています。

▼明星聖子『新しいカフカ――「編集」が変えるテクスト』慶應義塾大学出版会
カフカの三種類の全集について、「具体的にどうちがうの?」と気になった方もおられるでしょう。それを知るには、この本が最適です。著者はドイツ文学と編集文献学が専門の大学教授で、いささか専門的な本ではありますが、とても明晰な文章で、誰でも興味深く読めます。

▼頭木弘樹『カフカはなぜ自殺しなかったのか?』春秋社
最後に自分の本も一冊。カフカの日記と手紙の言葉を混ぜて、年代順に並べた、名言集であり、カフカ伝。「なぜ自殺しなかったのか?」という視点から、カフカの人生を見つめていきます。「フェリーツェはなぜカフカを愛したのか?」など、他の謎についても追ってみました。

ヨハン・ヴォルフガング・フォン・ゲーテ
Johann Wolfgang von Goethe

1787年、38歳の頃のゲーテ

アンジェリカ・カウフマンによる肖像画　The Bridgeman Art Library

一七四九年八月二八日、ドイツの都市フランクフルト・アム・マインの裕福な家に生まれる。（日本は江戸時代。同じ年に狂歌の名人、蜀山人こと大田南畝が生まれる）

父親が教育熱心で、幼い頃から、英語、フランス語、イタリア語、ギリシア語、ラテン語、ピアノ、絵画、ダンス、乗馬など、多数の習い事をする。

父親の勧めで、二つの大学で法律を学び、さらに高等法務院に研修に行かされる。そこで、友人の婚約者のシャルロッテと出会い、熱烈な恋に落ちる。その失恋体験から、一七七四年に小説『若きウェルテルの悩み』を書く。ヨーロッパ中で大ベストセラーとなり、二五歳にして、一躍、有名作家となる。（同じ年、日本では杉田玄白らが『解体新書』を出版）

ヴァイマル公国（当時のドイツは小国に分かれていて、そのひとつ）に招かれ、政治家に。政治の仕事に忙殺されて、文学作品を発表できず、空白期間は一〇年にも。

三七歳のとき、誰にも内緒で、夜中にヴァイマルを抜け出し、イタリアに逃亡。自由を謳歌し、生きることを楽しみ、たくさんの作品を書く。約二年でヴァイマルに戻り、以後は作家としての生活を大切にしながら、生涯をヴァイマルで過ごす。

一八〇六年、五七歳のとき、クリスティアーネと結婚式を挙げる。『ファウスト』第一部脱稿。（同じ年、日本では十返舎一九の『東海道中膝栗毛』の五編が出版される）

八二歳の誕生日の前に、約六〇年かけた大作『ファウスト』がついに完成。翌年の一八三二年三月二二日、八二歳で永眠。（同じ年、日本では盗賊の鼠小僧が処刑に）

フランツ・カフカ
Franz Kafka

1917年、34歳の頃のカフカ

出典 Wagenbach, Klaus:Franz Kafka. Bilder aus seinem Leben. Berlin 1983

一八八三年七月三日、ボヘミア王国（現在のチェコ共和国）の首都プラハで、豊かなユダヤ人の商人の息子として生まれる。（同じ年、日本では志賀直哉が生まれている）

大学で法律を学び、半官半民の労働者災害保険協会に勤めて、サラリーマン生活を送りながら、ドイツ語で小説を書いた。

当時の人気作家だった親友のマックス・ブロートの助力で、いくつかの作品を新聞や雑誌に発表し、『変身』などの単行本を数冊出す。しかし、生前はリルケなどごく一部の作家にしか評価されず、ほとんど無名だった。（『変身』が出版された一九一五年、日本では芥川龍之介の『羅生門』が雑誌に掲載された）

一九一七年、三四歳のとき喀血し、二二年、労働者災害保険協会を退職する。二四年六月三日、四一歳の誕生日の一カ月前、結核で死亡。（同じ年、日本では安部公房が生まれている）

三度婚約するが、三度婚約解消し、生涯独身で、子供もなかった。

遺稿として、三つの長編『失踪者（アメリカ）』、『訴訟（審判）』（夏目漱石の『こころ』と同じ頃に書かれた）、『城』のほか、たくさんの短編や断片、日記や手紙などが残された。それらをブロートが苦労して次々と出版していった。ナチスのプラハ侵攻の前日に、遺稿を詰め込んだトランクを抱えてかろうじて逃げ出したことも。

最初の日本語訳が出版されたのは昭和一五年（一九四〇年）。白水社刊、本野亨一訳『審判』。六、七冊しか売れなかった。（そのうちの一冊を安部公房が手に入れていた）

生きた、愛した、悩んだ。

ゲーテ

ぼくのことは夢だと思ってください。

カフカ

＊本書は、二〇一四年に飛鳥新社より刊行された『希望名人ゲーテと絶望名人カフカの対話』を改題し大幅に加筆改訂したものです。
＊本文デザイン＝Malpu Design（佐野佳子）

草思社文庫

絶望名人カフカ × 希望名人ゲーテ

文豪の名言対決

2018年6月8日　第1刷発行
2024年11月14日　第6刷発行

著　者　フランツ・カフカ
　　　　ヨハン・ヴォルフガング・フォン・ゲーテ

編訳者　頭木弘樹

発行者　碇　高明

発行所　株式会社 草思社

〒160-0022　東京都新宿区新宿1-10-1
電話　03(4580)7680(編集)
　　　03(4580)7676(営業)
　　　http://www.soshisha.com/

本文組版　有限会社 一企画

本文印刷　株式会社 三陽社

付物印刷　中央精版印刷 株式会社

製本所　加藤製本 株式会社

本体表紙デザイン　間村俊一

ISBN978-4-7942-2336-4　Printed in Japan

草思社文庫既刊

マーク・フォステイター＝編　池田雅之＝訳

『自省録』の教え

折れない心をつくるローマ皇帝の人生訓

ローマ帝国時代、「いかに生きるべきか」をひたすら自らに問い続けた賢帝マルクス・アウレリウス。その著書『自省録』を現代を生きる人の人生テーマに合わせて一冊に。**『自分の人生に出会うための言葉』改題**

ヘルマン・ヘッセ　岡田朝雄＝訳

少年の日の思い出

中学国語教科書に掲載されている「少年の日の思い出」の新訳を中心に青春小説の傑作「美しきかな青春」など全四作品を集めた短編集。甘く苦い青春時代への追憶が詰まったヘッセ独特の繊細で美しい世界。

ヘルマン・ヘッセ　岡田朝雄＝訳

シッダールタ

もう一人の〝シッダールタ〟の魂の遍歴を描いたヘッセの寓話的小説。ある男が生の真理を求めて修行し、やがて世俗に生き、人生の最後に悟りの境地に至る。二十世紀のヨーロッパ文学における最高峰。

草思社文庫既刊

勢古浩爾

結論で読む幸福論

いつか見たしあわせ

「しあわせ」は一体どこにある？　しあわせの謎を探るべく、アラン、ショーペンハウアー、ヘッセ、福田恆存など古今東西の幸福論を読み解き、著者がたどり着いた意外な結論とは？　『**いつか見たしあわせ**』改題

勢古浩爾

結論で読む人生論

人は何のために生きているのか――老子、孔子、カント、トルストイ、漱石、アッラーなど賢者たちが説く〝人生論〟を一刀両断に読み解く。約50通りの人生論がたどり着いた結論を一冊に凝縮した人生論批評。

保坂和志

いつまでも考える、ひたすら考える

大事なのは答えではなく、思考することに踏み止まる意志だ。繰り返される自問自答の中に立つことの意味を問い、模倣ではない自分自身を生きるための刺激的思考。『**「三十歳までなんか生きるな」と思っていた**』改題